AF208570

Lino García Morales

Los días y las noches de un instante

Edición e impresión por BoD – Books on Demand
info@bod.com.es – www.bod.com.es
Impreso en Alemania – Printed in Germany

ISBN: 978-8-4137-3037-0

A Hugo, Héctor y Viki,

Mariel

Nombre propio femenino compuesto por María e Isabel.

Municipio de la Provincia de Artemisa en Cuba y nombre del poblado cabecera municipal y de la bahía y puerto; deriva del antiguo cacicazgo aborigen llamado Marien, tributario del cacicazgo de Guaniguanico a la llegada de los españoles.

Puerto desde el que partieron desde Cuba hacia los Estados Unidos de América, más de 125.000 cubanos (aproximadamente el 1,3 % de la población según censo de la Oficina Nacional de Estadísticas cubana); el mayor éxodo de la historia de Cuba, entre el 18 de diciembre de 1979 y el 31 de octubre de 1980. A los inmigrantes o miembros del éxodo se les conoce, de forma despectiva, como "marielitos".

La tripulación no pudo desembarcar debido a la tempestad y el mal tiempo

–¿Está el gerundio? –antes de contestar, la mujer lo miró en picado de arriba a abajo y de abajo a arriba desde el umbral de la puerta, pero la exageración de luz y calor que entraba desde fuera le hizo desistir de inmediato. No valía la pena expulsar cualquier entusiasmo. «Este no va a cambiar nunca», pensó con malagana.

–Armando –gritó hacia la oscuridad–, te busca el participio –se limitó a avisar sin malgastar siquiera la energía necesaria.

De algún agujero oscuro, silencioso y húmedo pero interior, llegaron ruidos atenuados con forma de acuse de recibo. La mujer no pudo ver la mueca de resignación del chico que aguantaba el castigo del sol con total estoicismo. El muchacho no pudo ver el inexpresivo visaje de hastío de la mujer que aguantaba el castigo de los días con total resignación. Eran solo dos gestos que habían perdido el interés por cualquier otro gesto en una tarde de eterno verano; dos gestos inexpresivos y obstinados condenados por la luminosidad y la oscuridad, el murmullo y el silencio, la monotonía y la incertidumbre. La figura de la mujer desapareció como un eco en el interior segundos antes de que su hijo le alcanzara y chocara una mano de Amado.

–¿Qué tal?

–Ahí... ¿y tú?

–Na' ahí.

–¿Qué le pasa a tu madre?

–¿Que qué le pasa?

–No se, ni me saludó.

–A veces se pone así... Trágica –y quiso decirle, *ya debías saberlo*, pero hacía demasiado calor.

El sol dificultaba la conversación. A finales de julio, principios de agosto, en ocasiones respirar se hace más difícil que sobrevivir al asma; es como hacer inhalaciones de vapor sin agua, ni eucalipto. No era un día fácil. El calendario de la mayoría de las madres depende del día a día de sus hijos. El mayor seguía en la embajada del Perú. Llevaba ya casi seis meses sin saber nada de él, sin poder verle, ni hablarle. Unos agentes del ministerio del interior le habían visitado para informarle que, en breve, regresaría a casa y que tendría que "atenderle", esa fue la palabra que usaron: "atenderle", hasta que le llegase la salida definitiva del país. El menor empezaría a estudiar ingeniería en la ISPJAE, ingeniería electrónica, la carrera más difícil de todas las carreras. Su hijo mayor era listo, duro, hereje, el menor inteligente, blando, iconoclasta; pero ella no podía entenderles. Ella solo sabía que cada uno era de su padre y de ella, que debía quererlos y protegerlos por igual como si ella fuese a la vez su madre y su padre, por mucho que su capacidad de entendimiento se fuera agotando. Los acontecimientos parecían superarle. Nada es como lo había planeado. Nada sucedió como lo había imaginado. Los sueños son solo eso... Sueños, ¿no? ¿A estas alturas qué podía hacer?

Amado la conocía tan bien como ella a él. Armando y él eran como hermanos gemelos. Habían compartido juguetes, pupitre y escuela desde el primer día y ahora estudiarían lo mismo en la universidad. Armando era más hermano de Amado que de su propio hermano. Eso parecía.

–¿Tú crees que lo de tu hermano podría perjudicarte?

–Cualquier cosa puede perjudicarte. Hasta yo podría perjudicarte a ti.

Los dos permanecieron en silencio. A mediodía todo parecía cerrado, inhabitado, clausurado. No debían perder tiempo en llegar al cine Payret para encontrarse con Migdalia y Leda y ver la película rusa: *La tripulación no pudo desembarcar debido a la tempestad y el mal tiempo*. El título era tan largo que en la cartelera solo se podía leer: *La tripulación no pudo...* Sobraba espacio pero, quizá, agregar una palabra más habría sido un desperdicio gramatical. Leída desde los jardines del Capitolio parecía obra de un subversivo: ¿Qué tripulación rusa no pudo? ¿Qué fue lo que no pudo? ¿Qué no pueden los rusos? ¿Sería un mensaje subliminal obra de un sublime enemigo? En cualquier caso, ahí estaba, sin la más mínima influencia y casi todas las funciones vacías.

Desde Casa Blanca hasta el Parque Central hay menos caminos que a Roma así que gerundio y participio optaron en silencio, sin votación previa, sin premeditación, por la lancha a la alternativa de la guagua. Bajaron hasta el embarcadero y entre unos pocos agitando lo que tenían a mano para ahuyentar el calor y refugiándose como podían en la sombra, esperaron que llegara su turno para saltar a la lancha y cruzar la bahía. Hasta los reflejos del sol quemaban, pero la ínfima brisa que se colaba desde fuera entre los atronadores ruidos de la "calenturienta" máquina, amortiguaba la desesperación de no poder quitarse nada para refrescarse.

La bahía es negra, como la desesperación. Negra y espesa. Parece que la barca se mantuviera a flote gracias al chapapote; aunque algunos peces enormes y plateados ofrecen el beneficio de la duda. Nada es absolutamente negro. Ambos piensan en la ínfima intimidad de la privacidad que les es concedida de eso llamado "distancia social". El viaje dura poco más de un cuarto de hora; al menos eso le parece a Amado, mientras especula con la posibilidad de detener el tiempo en aquella amarra reseca que el ayudante del timonel lanza sobre el enorme noray de hierro fundido. Todo huele a silencio, sabe a silencio; un silencio tostado que duele en los ojos y en la lengua, como el silencio del mar.

La Casa de la Natilla está abierta. A esa hora no hay ni alegría. Al final de la tarde reamanecerá la calle; pero aún se puede disfrutar de su profunda siesta. Se sientan en una mesa redonda, de mármol redondo sobre patas de hierro con garras redondas en el suelo y saborean con tranquilidad el dulce frío y espeso que parece hielo.

–¿Cómo tú crees que va a ser en la Universidad? ¿Nos dejarán juntos o separados?

–¡Y cómo quieres que lo sepa! Ni siquiera sé cuántos seremos.

–Cuarenta. Solo hay cuarenta plazas que dividirán en dos grupos de veinte. Ya me he enterado. Los más buenos, donde estaré yo, y los más malos, donde seguro te ponen a ti – Armando sonrió. Conoce mejor que Amado sus chistes. Malo y bueno. Es lo mismo que nada. Malo y bueno, respecto a qué: a la actitud, a la aptitud, a... –. Oye, ¿tú crees que haya alguna niña buena que estudie ingeniería? La mayoría estudia letras.

–¡Yo qué se! ¿De dónde sacas tú esos datos?

–No sabes nada querido amigo. Y como no lo sabes... no sabes lo que te pierdes. Solo sufre el que sabe.

Amado solo quiere gastar el tiempo. Armando lo sabe. Aún falta una hora para encontrarse con Leda y Migdalia y pasar del calor del trópico al frío glaciar del cine. Amado quiere preguntarle por su hermano, quiere saber cómo lo está pasando, cómo le afecta. No se puede imaginar lo que es tener un hermano porque él es hijo único; mucho menos perderlo teniéndolo, solo por no querer vivir más la vida que ellos viven. Eso supone. No es su amigo porque lo conoce de toda la vida. Sabe que no es delincuente, ni escoria, ni gusano, ni chusma, ni todo eso que repite la gente hasta el cansancio, sin cansarse.

Amado no fue a la "Marcha del Pueblo Combatiente", aunque tenía que ir, aunque fuera obligatorio ir, aunque podía costarle el ingreso en la Universidad. Se tomó un jarro entero de miel y cogió una diarrea que no tuvieron más remedio que ingresarlo. Fue lo único que se le ocurrió y que nadie más que él entendió. Armando tampoco fue. Amado lo sabe, aunque no debe saberlo. No tuvo ninguna iniciativa. Solo no fue. Más de un millón de personas sí lo hicieron; desfilaron durante casi trece horas y media por la Quinta Avenida cantando himnos, consignas y proclamas y gritando, con la misma entereza, toda clase de improperios. No se atrevió a preguntarle, a sacar el tema siquiera, como ahora no sabe cómo empezar una simple interrogante: «¿Has sabido algo de tu hermano? ¿Cómo te sientes?». Sabe que su hermano sigue vivo. Sabe que, para él, por muy contrarrevolucionario que sea o quieren que sea, siempre será su hermano y nunca morirá por sus ideas políticas, ni por su ideología; pero no sabe cómo empezar. En la escuela no te preparan para ese tipo de cosas; al contrario.

Unos diez días antes de la "Marcha", el Gramma dejó claro que cualquier persona relacionada con los hechos ocurridos en las embajadas de Venezuela y Perú, era escoria, mierda, antisocial; peor que su diarrea, más apestosa, más espesa, más individualista... Ese día publicaron:

> ... elementos gansteriles comenzaron a elaborar planes para secuestrar al Embajador de España e incluso planes para penetrar por la fuerza y ocupar la oficina de intereses de Estados Unidos.

Parecía que aquel hecho, en el cual tres personas habían matado o provocado la muerte al custodio del recinto en su violenta ocupación, había traspasado la gravedad del delito a todos los que aprovecharon el vacío que se produjo para pedir asilo y protección. El hermano de Armando, para la sociedad, debía convertirse en una especie de asesino, de cómplice, de carroña, de residuo humano; de alguien que no merece más pisar el suelo donde nació o comer lo que produce la tierra.

Esa conversación quedó colgada en algún tendedero para que se secara, pero nunca pasó. Armando quiere decirle que su hermano volverá y permanecerá en su casa hasta que le den el permiso de salida del país, que su madre y él deberían "atenderle"; pero ningún minuto del día, ni lugar, ni conversación, parece oportuna. Así que los dos piensan en lo mismo sin saberlo mientras una viejecita muy arrugada y peor vestida pasa con un perro atado de una soga por el cuello, delante de su mesa. El perro la frena para hacer sus necesidades. Después, continúan su camino sin recoger los excrementos. «¡Qué cochinada!», piensa Armando, pero no lo dice. Otra vez, sin mediar palabra, se levantan y andan calle Obispo arriba. Esa calle nunca duerme. Siempre gente por todas partes, yendo, viniendo, haciendo cola, esperando... nunca se sabe. Siempre mezcla de bullicio, algarabía, música y ruido. Siempre sudor, perfume, desparpajo, perros. Pero a esta hora empieza a desperezarse.

Suben sin prestar atención a nadie. Nadie les presta atención a ellos. Suben por el medio de la calle; evitando las aceras y el tumulto, evitando a los que vienen en sentido contrario y a los que parece que les adelantan con más prisa. "Por Perú hicimos nosotros cien mil donaciones de sangre cuando el terremoto de 1970, pero no estamos dispuestos a ofrendar impunemente la sangre de un solo soldado para proteger infames delincuentes. ¡Esta es la posición de Cuba!", así terminaba el editorial de ese 7 de abril. Amado siente escalofríos. No quisiera estar en el pellejo de su amigo.

–¿A qué hora quedaste con Leda? –pregunta para cambiar de pensamiento, para escapar como puede de...

–En quince minutos... en la esquina del Gran Teatro.

–¿Por qué no quedaste directamente en la puerta del cine?

–Porque en la esquina no habrá nadie y hay sombra y en el cine puede que sí.

Amado no dijo nada más; en definitiva, ya había hablado bastante de más: todo innecesario y superfluo. Migdalia, su prima, iría con ella; en eso habían quedado. Nada más atravesar el Parque Central pudo verla. Llevaba un vestido de flores vaporoso.

–Ahí está tu novio.

Una historia de fantasmas

Cuando alguien muere, la red social Telegram sustituye la foto de perfil por la imagen de un fantasma blanco sobre fondo gris. Telegram asume que, si en tres meses no has abierto el programa, estás muerto; que esa masa corpórea, que se registró un día a través de sus dedos e interactuó con otras a través de un avatar, ha abandonado a su espíritu y es ahora esa figuración incorpórea, etérea, irreal, quien le representa: un icono de una fantasmilla blanca sobre fondo gris claro. Para Telegram estar muerto es sinónimo de "cuenta eliminada" o viceversa. Pero esa simple visión, esa simulación de una manifestación, sugiere también cierta posibilidad mística en forma de texto, imagen o vídeo, aparecido; sugiere una epifanía. Sugiere que, de la misma manera que apareció, desaparezca, y regrese la imagen desaparecida con todo lo que eso significa. Sugiere.

María, tú ya no estás amor mío. No estarás nunca más. Por más que crea, por más que mendigue, por más que pague. Detrás de ese monigote que custodia el reino que construimos sin querer, solo hay una lista enorme, intensa, mágica, de cientos, quizá miles, de mensajes, emoticonos, fotos, vídeos y confesiones. Son las ruinas intactas de lo que fue nuestro imperio; es todo lo que quedó.

¿Quién sabe cuántos meses más aguantará? ¿Quién sabe en qué momento Telegram decida reutilizar ese espacio ocupado y vaciarlo con un solo clic para que otros lo inunden con su bazofia? No habrá epifanía. No hace falta ser marxista para saberlo. No debe haberla.

"Un escritor escribe una novela. Un músico escribe una canción. Hacemos lo que podemos para perdurar. Construimos nuestro legado pieza por pieza y quizá todo el mundo te recuerde o quizá solo algunas personas, pero haces lo posible para asegurarte de seguir por ahí después de que te hayas ido", dice un personaje secundario de la película *Una historia de fantasmas*. Quizá solo quede algo, de alguien, cuando la gente note más su ausencia que la presencia de otros. Tú también lo dijiste María, aunque no con esas mismas palabras; porque casi nadie quiere irse del todo. No querías ser olvidada y no queríamos olvidarte. No querías desaparecer y no quería que desaparecieras. Sucederá, sin duda. El tiempo es enorme... y breve; el tiempo compuesto de muchos instantes que parece uno. Todos desaparecemos. Lo sabías. Lo sé. Todo desaparece. Todo desaparecerá cuando desaparezcan los que te conocimos, los que te quisimos, los que tuvimos la suerte de disfrutar de tu presencia y extrañar tus ausencias. Por ahora, María, se nota más tu ausencia que la presencia de muchos otros. Por ahora, me llena un enorme vacío, tan pesado como el tiempo, tan oscuro como la melancolía; el mismo que a ese fantasma transparente sobre fondo gris claro. Yo hago lo que puedo para perdurar.

Aún no se si he terminado de pintar tu retrato; casi de tamaño real; algo a medias entre una "maja desnuda" y "el origen del mundo". «Ni siquiera te dejé verlo después de aquella primera vez. ¡Qué mala gente!». Mi maja no tiene un trasfondo mítico o religioso; solo una atmósfera de amor, de idealismo, de victoria, de indefinición.

Aunque no lo parezca, no es un retrato de tu cuerpo, sino de tu alma. «Demasiado pretencioso, sí. Qué importa». Como la desesperación y el amor, no tiene rostro. No hace falta. Como el deseo y el ardor tiene sexo; tampoco hace falta. No es un cuadro inacabado por eso. No tiene la pretensión de herir, ni de amputar, ni de fardar. Es solo un intento torpe de pintar tu magia, de sugerir tu sensibilidad, de consumar tu belleza irretratable, de reflejar algo que no alcanzo a describir. Un pintor no escribe un cuadro. Un pintor pinta porque no sabe escribir. Traza imágenes que lo dicen y ocultan todo. Yo solo pinté un retrato condenado a la indeterminación, a la imaginación, a no dejarte ir, a no dejarte terminar. Quiero que perdures. Por ahora, mientras descubro si falta una pieza o ya están todas, es un humilde y pretencioso retrato que solo yo puedo contemplar en todas sus dimensiones; que no son todas tus dimensiones. Lo completo solo puede ser incompleto. El vacío solo es otra pieza. Lo sabes. Lo sé.

Puedo dibujar cada uno de tus gestos en mi cabeza. Puedo sentir cada uno de sus significados. Puedo volverte a vivir de alguna manera simbólica, incorpórea, etérea, irreal. Pero no puedo detener esa experiencia en solo dos dimensiones. No pasa inadvertido a cualquier visita que recibo en mi estudio. ¿Quién es? ¿Por qué apenas tiene rostro? A ese cuerpo tan suave, tan voluptuoso, debe corresponderle una cara excepcional. Tú, mi maja-origen..., sigues despertando seducciones secretas, ocultas, inalcanzables; incluso para los que te conocieron. Tú, mi origen del mundo..., sigues provocando, desarmando, alterando; incluso en los más castos. Solo yo puedo disfrutarlas. Solo yo, puedo sentir, una y otra vez, toda tu fertilidad.

A veces pienso que debería convertirte en un puzle; en un puzle que, como a uno de Van Gogh o de Cervantes, siempre le faltarían piezas, pero dificultaría el olvido. Si... tus piezas deberían pasar por muchas manos, ojos y cabezas, por muchas salas y libros, por muchas lenguas y revistas, pero me resisto a dejarte ir, para poder ser.

Soy egoísta. He podido exponerte, venderte o prestarte y ahí estás. Puedo desayunar, comer y cenar contemplándote, imaginándote. Puedo jugar a los viejos tiempos. ¿Te acuerdas? A mi hijo también le gustas. Apenas viene por aquí, pero nunca pasas inadvertida. Hoy te vio y dijo: *¡Qué a-gusticidad!*, y, aunque no soy capaz de comprender la dimensión de sus palabros, lo dijo con armonía. Eres casi de tamaño real, de color real, de forma real. Él no te re-conoce. Para él quizá se trate de una modelo más; pero no puedo saberlo. Es imposible saberlo. Él no me ve llorar, ni sufrir, ni extrañar. Para él, el cambio más relevante de estos últimos tres años es la posesión de un súper teléfono donde puede ordenarle a Siri que escriba sus poemas.

No lejos de casa hay un centro comercial japonés, exquisito en todo lo que puede ser ese país de exquisito. Mitsuwa se llama. Pues una vez en una de sus tiendas vi cómo un muchacho japonés con evidente Síndrome de Down se paró frente a una columna cubierta con espejos. Estuvo examinando su propio reflejo en el cristal por unos instantes para a continuación soltarle con todo el desprecio de que era capaz:
-You are Chinese, I'm Japanese!
Hay gente que no me cree cuando se lo cuento, pero por mucho que me esforzara nunca habría dado con metáfora más perfecta del racismo.

Enrique del Risco

El fascismo no es puro. El nazismo, por ejemplo, escribe Umberto Eco en su libro *Contra el fascismo,* no es el fascismo falangista hipercatólico de la España de Franco; el nazismo es, en lo fundamental, pagano, politeísta y anticristiano. Sin embargo, explica Eco, "el término «fascismo» se adapta a todo porque es posible eliminar de un régimen fascista uno o más aspectos y siempre podremos reconocerlo como fascista". Estos aspectos comunes a todos los fascismos, conforma lo que Eco prefiere denominar «ur-fascismo» o «fascismo eterno». Un concepto que, aunque no llega a ser un sistema, ilustra cualquier tipo de despotismo o fanatismo.

Basta con que alguna de sus características esté presente para crear una «nebulosa fascista»; con independencia de que sea de izquierda o de derecha.

Esta nebulosa fascista es como una lluvia inminente, un chaparrón que puede caer en cualquier momento por mucho que las nubes parezcan inocuas, una amenaza que exige de una alerta continua, permanente, paranoica; el fanatismo tiene un grave peligro: basta con que un tres o un cuatro porciento de la población mantenga sus preferencias con cierto nivel de intolerancia para que toda la sociedad acabe por someterse a esas preferencias. Las ideas, pensaba Karl Popper, son como los hongos; de hecho, Popper llegó a decir que no eran las personas las que tenían las ideas, sino las ideas a las personas. Una vez implantadas, estamos perdidos; ningún camino llegará a Roma, la nebulosa fascista habrá precipitado con toda su fuerza y brutalidad.

Eco explica esa «nebulosa fascista» con la misma teoría que Ludwig Wittgenstein aplicaba al juego. "Se puede jugar al fascismo de muchas maneras y el nombre del juego no cambia". Las actividades de los juegos se parecen tanto como los aspectos del fascismo; resultan familiares. Eco usó el siguiente ejemplo para demostrarlo:

Supongamos que existe una serie de grupos políticos. El grupo 1 se caracteriza por los aspectos *abc*; el grupo, 2 por los *bcd*, etcétera [3 por los *cde* y 4 por los *def*. El 2 se parece al 1 en cuanto que comparten dos aspectos. El 3 se parece al 2, y el 4 se parece al 3 por la misma razón. Nótese que el 3 también se parece al 1 (tienen en común el aspecto *c*). El caso más curioso es el del 4, obviamente parecido al 3 y al 2, pero sin ninguna característica en común con el 1. Sin embargo, en razón de la serie ininterrumpida de parecidos decrecientes entre el 1 y el 4, sigue habiendo, por una especie de transitividad ilusoria, un aire de familia entre el 1 y el 4.

Esa "transitividad ilusoria" es lo que alimenta la nebulosa fascista, el aire que, cuando no despeja, cuando es persistente, provoca la lluvia. La "dictadura de la pequeña minoría", como le llama Nassim Nicholas Taleb a esa pequeña minoría intransigente, intolerante, inflexible, desequilibrada, fanática, es esa nebulosa fascista y sus ideas (muchas veces no llegan a formar siquiera una ideología), los hongos de Popper, las características en común del fascismo eterno, difuso, impuro, letal.

El peligro del ur-fascismo es la ausencia de paranoia de la mayoría transigente, tolerante, flexible, equilibrada, moderada y la constatación de que, en realidad, este fenómeno, es una consecuencia inevitable de la existencia de sistemas complejos; sistemas donde son más importantes las relaciones entre las partes que las partes mismas y, por lo tanto, se comportan de manera no prevista por sus partes. Esta "consecuencia" se puede explicar matemáticamente y es una reformulación de la teoría sociológica de la "fuerza de los lazos débiles" de Mark S. Granovetter. Para que ocurra el desastre tienen que darse dos condiciones. La primera es que la minoría tiene que estar distribuida uniformemente por el conjunto del territorio. La segunda es que los costos asociados a la práctica minoritaria no sean muy altos.

Dicho de otra manera, si los fanáticos viven en guetos y sus reivindicaciones son excesivamente caras, la mayoría no cederá; es decir, se asume que siempre hubo, hay y habrá, minorías fanáticas dispersas en esa nebulosa fascista y, de lo que se trata no es de eliminarlas, sino de evitar que cambien de juego. La cuantificación experimental del tamaño de esa minoría para alcanzar un cambio social se estima en un 25% de la población (algo más de la estimación intuitiva de Taleb).

Hace mucho tiempo que Ariel dejó Cuba atrás. Dejó, como muy pocos cubanos, a su familia, a sus amigos, a su historia, a su vida; la mayoría cargó lo que pudo de su familia, lo que consiguió de sus amigos, arrastró su pasado y convirtió su vida en una lucha continua contra el tiempo y el espacio. Ariel no dejó la isla. No pudo. Una parte de la isla sigue allí donde estuvo, donde estaba y donde parece seguirá estando, incluso con casi los mismos con que la dejó en el poder ejecutivo, legislativo y judicial. El poder sigue en manos de los mismos, los de siempre, por muy seniles que estén; perdurando como un solo poder indivisible, sordo y ciego (mudo no), el del partido comunista. La otra parte restante sigue con él, a veces pesando, haciendo bulto, a veces estorbando, lastrando. Es difícil dejar la isla, sino imposible. La isla acosa detrás de muchas cosas como la identidad, el lugar de nacimiento, la ciudadanía, la cultura, etc.; jamás te abandona del todo; aunque quisieras, aunque no se mueva, aunque parezca inanimada.

Ariel es escritor en un país donde la nebulosa fascista amenaza con resucitar todos los días, un país que no enterró a sus muertos como es debido y vive asediado por sus fantasmas pero un país que, pese a todo y a diferencia del suyo, le ha permito ser como quiere ser, vivir como quiere vivir escribir lo que quiere escribir; relatos más extensos que breves, a medias entre la novela y el tratado, algo, simplemente, a medias; que trate de lo que no está en un lado, ni el otro, sino en medio, dispuesto a servir de puente, de canal, de cable; algo impuro. Quizá esa sea la mejor definición. Eso que, por no ser puro, suele confundirse con términos como contaminación, suciedad, vicio, impudicia. Algo que, por no ser bueno, se considera malo.

La lengua es impura. Las palabras adquieren connotaciones que no tenían; como las incrustaciones que degradan la pureza, la pulcritud, la limpieza. La «neolengua» parece pura.

Ariel lo sabe. La neolengua era la lengua oficial de Socing de Orwell en *1984*.

Él también habló una lengua basada en un léxico pobre y una sintaxis elemental; antes de dejar atrás a su familia, amigos, historia y vida. Con esa ínfima cantidad de palabras, de las cuales la mayoría eran "malas palabras", ofensivas, peyorativas, descalificativos, es imposible razonar, no ya de forma compleja y crítica, sino razonar, a secas. El lenguaje es un instrumento peligroso; para bien y para mal. La manipulación del lenguaje puede convertir una palabra inocua en una ofensa, una palabra aberrante e indigna en un sello de dignidad y heroicidad, alterando, simplemente, la percepción del mensaje. Ariel supo en carne propia que "gusano" era mucho más impuro que gusano, que "contrarrevolucionario" era mucho más que contrarrevolucionario; supo incluso que "contrarrevolucionario" era justo lo contrario de contrarrevolucionario, era revolucionario. La lengua pervierte. Ariel supo que pensar era más que "pensar"; aunque eso le llevara a convertirse en "gusano", inadaptado, escoria, lumpen, contrarrevolucionario. Ariel lo intenta; intenta revertir el significado de las palabras, intenta devolverles su dignidad, intenta unir la palabra a su significado primigenio, intenta reescribir la historia que fabricó el Ministerio de la Verdad: una minoría de funcionarios ideológicos persistentes y agresivos, intransigentes, intolerantes, inflexibles, desequilibrados, fanáticos distribuidos uniformemente por todo el territorio, una dictadura que consiguió apropiarse de la isla, del individuo y de la palabra y monopolizar un «fascismo eterno», difuso, impuro y letal.

Ariel lo sabe, lo sufre, le perturba y, cuando no puede más, levanta el teléfono y marca un número; pero nadie contesta. Suena, suena y suena, pero nadie contesta.

Moscú no cree en lágrimas

El chiste del "novio" no solo no tenía gracia, sino que, en boca de Amado, asustaba. Leda se cortaba el pelo y se peinaba como un hombre, se vestía como un hombre, se comportaba como un hombre, pero era mujer y era, además, la novia de Armando. Juntos, colocados uno al lado del otro, parecía que Armando fuera la novia y Leda el novio. Armando era mucho más delicado, sofisticado, presumido y amanerado; como si en esta relación él fuese el participio y Leda el gerundio. «Leda es atleta», fue su primera justificación ante el asombro de su amigo Amado; pero lo cierto es que él no exigía ninguna explicación. Solo era falta de costumbre o, más bien exceso, de costumbre. Leda llegó nadando a la pequeña charca de su príncipe rana y se encontró con un sapo extra; pero era muy simpática y divertida, mucho más que su compromiso, con un humor irónico y refinado que no se ajustaba del todo a su anatomía y, lo más importante, vivía puerta con puerta con una prima hecha a la medida de Amado. Fue tan perfecto el azar, que formaron un cuarteto armonioso. Mejor salir cuatro, que dos o, mucho peor, tres. Formaron una célula que podía dividirse a la mitad y mutar, sin peligro de un desastre biológico e incluso quizá, en un futuro... multiplicarse. Eso es la sociedad, en definitiva, a pequeña escala. *Los estereotipos son los estereotipos*, fue la media disculpa de Amado.

Armando lo sabe, mejor que Amado. Ser diferente suele ser más sencillo que aceptarlo y lanzarte a nadar en el mar de los estereotipos.

Leda casi alza en peso a Armando. Migdalia le come los labios a Amado. Las dos están listas para la fiesta de cine ruso. ¿Por qué esa manía de cine soviético? Como casi todas las preguntas, esta también admite varias respuestas. Uno... es de lo que más "echan" en los cines. Dos... muchas están bien; algunas, incluso, muy bien. Tres... va poca gente, poquísima. Para los cuatro significa poder elegir y no ser interrumpidos por nada, ni por nadie. El cine de las nueve musas de las artes grecorromanas es soberbio. Todas ellas, junto a la escultura *La ilusión*, que decora el vestíbulo, pertenecen a Rita Longa. Ellos no lo saben, pero lo disfrutan; les gusta el frío, la atenuación paulatina de las luces hasta alcanzar la oscuridad, la enorme pantalla y también, la aún mayor soledad negra y apagada.

El cine está vacío. Para el primer pase apenas hay espectadores, para esa película menos. Armando y Leda se sientan en el centro: la mitad de las filas, la mitad de la hilera de asientos central. Amado y Migdalia se sientan a un lado, pegados a la pared izquierda. No tienen la más mínima intención de ver la película. Ellos han ido a repasarse. Es como si hubiesen pagado un peso cada uno para disfrutar de casi tres horas de intimidad relativa en un hotel de lujo sin cama, ni ducha.

Apenas se escuchan los primeros diálogos en ruso se besan, un beso que dura más que toda la introducción del filme. Se tocan, se acarician. Primero el cuello, los senos, los brazos, las piernas, las rodillas, los muslos. No tienen prisa. El vestido va subiendo sin resistencia. Por eso lo lleva a cada sesión de cine русский (*russkiy*). A mitad de película, las manos de Amado acarician por encima de los blúmeres de Migdalia su sexo esponjoso y cálido. Quiere jadear, pero no puede; podrían escucharla y expulsarlos del cine. Amado podría pensar que es una cualquiera.

Tiene ganas de abrir las piernas como unas ventanas y restregarle la cara en su pubis hasta que la rape, hasta que se sacie, pero en ese momento, en ese mismísimo momento en que Amado introduce la punta de los dedos en su vagina, ni siquiera imagina dónde dirá que no y hasta dónde dará por hecho que sí y suda para no ceder a venirse y teme por no poder hacerlo. Cada vez puede coordinar menos. Sus manos se resisten a cogerle la verga. No sabe cuál es el momento oportuno. Quiere seguir disfrutando, pero no quiere ser egoísta. Sus dedos se debaten entre agarrarlo, hincarle las uñas, detenerle o empujarlo hacia dentro. Amado sigue con presteza. Está completamente empapada. Se imagina que si pulsa en el clítoris saldrá un chorro del que podría beber a un metro de distancia. Su lengua sigue en la suya y la suya en la de él; dentro, fuera, en la cara, en el cuello.

Amado teme desabrocharse la portañuela. No quiere asustarla y que se acabe la fiesta pero, si todo sigue igual, terminará por dolerle de muerte. Ya le duele y le late y le tiembla y también suda, como si el sudor pudiese engañar a alguien que no fuera a él mismo. Migdalia tiene unos espasmos. Le agarra la mano y la empuja como una cuchara en una boca enorme. Se muerde los labios. Le sangran. Amado los lame. Es ella la que libera su verga y la acaricia suavemente. Aún queda mucha película, aunque no sepan cuánta. Con las películas rusas nunca se sabe. En cualquier momento puede aparecer la cartela: конец. Las películas rusas son como un coitus interruptus. Pueden acabar en el mejor momento o pueden durar hasta que la muerte nos separe. Migdalia la sacude con más fuerza, con más prisa, pero no quiere que Amado abandone su cuerpo. Desearía ponerse a horcajadas sobre él. El vestido la cubriría lo suficiente, más que suficiente, pero el acomodador la vería. Nadie ve una película mirando hacia atrás. Seguro ya los ha visto y disfruta de la fiesta sin acercarse demasiado, pero no es buena idea. El escándalo público es delito y está castigado por la ley, no solo al escarnio.

Migdalia piensa agacharse un poco y metérsela en la boca, pero es arriesgado. ¿Qué puede pensar Amado? Nunca lo ha hecho. Llevan así casi desde lo de la embajada, pero de sexo explícito... nada de nada. Quieren ir despacio porque piensan que así llegarán más lejos. Fingen desesperados que no tienen prisa. Es como si masturbarse poco a poco les hiciera más castos o más puros o más decentes. Los estereotipos del sexo son largos y anchos y viejos. Amado podría sostener la fila de butacas entera sobre su viga de hierro sin doblegarse. Es más duro que el aluminio de las sillas, que el fémur de un elefante, pero es aún más duro para escupir el caldo que bulle dentro. Cierra los ojos para concentrarse en esa única parte de toda su envergadura y nada. Migdalia empieza a desesperarse. Su mano izquierda se entume. En la película, unos viajeros con trajes de rayas azules y blancas discuten por algo. En realidad, son marineros. Parecen decirle a Amado: *Vamos hombre, es hora de atracar*. Amado sigue hurgando en su piscina privada. Sabe que ya Migdalia no le detendrá. A veces se detiene. Su mano se detiene y se mueve hacia delante y hacia detrás entre breves y contagiosas sacudidas. Pero Amado sigue en las mismas.

Migdalia busca con su mirada, sin que Amado lo note, las cabezas de Armando y Leda en medio del medio del cine. Parecen hipnotizados. Las dos cabezas erguidas y firmen mirando la pantalla. Supone que los ojos ni parpadean. Sacude aún más. Tiene calambres en los dos brazos. Amado parece que ya no puede más cuando suena una canción popular rusa y cantan todos en el barco. Medio minuto más tarde aparece la palabra prohibida, terrible, asesina: конец. Amado sale corriendo y Migdalia ni siquiera sabe si lleva aquella cosa fuera o le ha dado tiempo a guardarla. Desaparece antes de que las luces brillen suavemente hasta iluminar todo el recinto. Migdalia se plancha el vestido con las manos y sale al pasillo a encontrarse con su prima y su cuñado-primo. Preguntan por Amado con gestos.

Ha tenido que ir al baño, justifica Migdalia con la cara muy roja, como si fuera un crimen perderse el gran final. Le esperan junto a "La ilusión".

Amado aparece cinco minutos más tarde mojado, sonrojado y repeinado.

–¿Qué tal participio? –preguntó Armando para ponerlo en un aprieto–. ¿Te gustó?

–Mucho –mintió con toda la verdad y rogó porque no lo apretara más, aunque sabía que no lo iba a hacer. Mentir tiene muchos sinónimos y ningún antónimo; como si no tuviese rival. Para "decir la verdad" es necesario, casi, usar una frase; es como si tuviese resistencia. Jamás, pasase lo que pasase, ninguno pondría en un apuro al otro. Era como un gran secreto oculto, un pacto sagrado. No lo habían jurado porque no hacía falta. Siempre fue así y así debería seguir. Eso pensaban. Como cuando sale el sol y desaparece, quieras o no.

–Bueno... ¿Cuál es la próxima?

–Moscú no cree en lágrimas –respondió Migdalia mientras el calor del exterior les devolvía a la realidad–; acaban de echarla.

–¿Adónde vamos? –preguntó Leda–. ¿Al Morro o al Malecón?

–Yo tengo sed –dijo Migdalia y en esa simple frase todos entendieron que quería beber algo primero y después elegir entre Morro o Malecón.

–Vamos bajando por Obispo hasta por allá abajo... y ya nos echamos algo donde sea... A diez de últimas nos queda la Casa del Agua.

Nadie puso objeción a Leda. Ella le pasó el brazo por encima a Armando; él por abajo, y echaron a andar. Migdalia miró con cara de interrogación, pero sabía la respuesta. Su intención era sonrojarlo. Se enredaron con ambos brazos y continuaron la comparsa pa' abajo. Lo hacían a menudo. Eran una de las pocas cosas que podían hacer, que se podían permitir.

A esa hora la calle era otra cosa: un hervidero de gente pa' arriba y pa' bajo sin vicio, ni beneficio. Siempre fue así. La Habana es así: bulliciosa, bullanguera, pendenciera. Leda y Armando van delante. Parece que hablan de la película. Siempre se miran a la cara, sonríen. Parecen felices. Migdalia y Amado van detrás pensando en otra cosa. En una cama, tal vez. Pueden ver cómo la gente sobrepasa a la pareja dispareja y luego se voltean para mirarlos. Ni siquiera "embarajan". Lo hacen sin pudor de ser vistos; como un perro cuando huele un hueso o a una hembra en celo. Ellos lo saben, aunque aparentan no saberlo; aunque da la sensación de no importarles; aunque parece que juntos importa menos.

Se meten en una cafetería. Hay limonada. Migdalia y Armando piden una. Leda y Amado un daiquiri. La deportista lo pide sin azúcar, como Hemingway. El hielo no es abundante, pero es suficiente. Leda quiere otra, pero el resto la convence... *luego*. Acepta y continúan la marcha hasta el Palacio de los Capitanes Generales, atraviesan la Plaza de Armas y llegan al Castillo de la Real Fuerza. Se sientan en el muro. Ahora corre un poco más de aire. Según Armando es el castillo más antiguo de América. Según Migdalia, el lugar donde había sido construido no era, con precisión, idóneo. Desde allí no podrían alcanzar ni un solo barco. «Peor es El Castillo de la Real Fuerza», piensa Amado. *¿Lo vemos?*, propone sin éxito. Nadie, ni siquiera él mismo, se mueve. Leda observa que el mezclador de plástico del daiquiri tiene la misma figura que corona la torre.

–Es la Giraldilla –dice Armando–, la eterna amante que sigue a la espera de su amante a pesar de que sabe que nunca va a regresar –Todos le miran, pero nadie opina, ni siquiera él mismo. Desde allí se puede ver cualquier barco entrar o salir, pero ningún barco entra o sale. Amado le indica a Migdalia hacia donde está su casa, aunque ella ya lo sabe.

–Un día tienes que ir –le invita y le mira con tal intensidad que su saya se levanta y tiene que agarrarla para censurar sus encantos.

–¿Y ese aire? –comenta Leda–. Seguro que va a llover.

El cielo cargado de nubes blancas no supone una amenaza, pero todos saben de sus traiciones. Te confías y en cuanto menos lo imaginas, cae sobre ti con una fuerza sobrenatural, con rayos, truenos, fuertes rachas de viento y ninguna consideración. Parece que lo hace para recordar que puede hacerlo porque dura lo justo. Igual que llega se va y todo parece volver a una inquietante normalidad en la que el tiempo parece colgado de un viejo balcón esperando a pararse y el sol se reparte a buchitos por el colador de las, en apariencia, pacíficas nubes. Los cuatro salen andando. La depuración debe cogerles bajo techo. Caminan hacia la Alameda de Paula por los soportales; muchos en peligro de derrumbe. «¿Cuándo piensan arreglar esto?», piensan todos, pero nadie tiene respuesta, ni siquiera palabras. Solo confían en que algún día lo harán, que no pueden dejarlo así.

La Habana tampoco cree en lágrimas, aunque aún no lo saben. Lo de la embajada del Perú ha desplegado un pliegue de la naturaleza "revolucionaria" hasta entonces desconocido; al menos por ellos. Como si se hubiera abierto una herida y el pus estuviera ahí desde mucho antes. Ellos son de la generación que lo debe todo, que debe estar dispuesta a pagar por todo lo que debe, eternamente agradecida y bendecida por un dios ateo.

Leda y Migdalia no saben que el hermano de Armando se ha metido en la embajada, ni siquiera saben que tiene un hermano y, como está a punto de perderlo, quizá se mueran creyendo que es hijo único. Las dos fueron a la manifestación. Las dos gritaron consignas y agitaron banderitas. Allí nadie reparó en Leda. Iba con otras atletas como ella. Juntas parecían otra cosa muy distinta a separadas.

Juntas pertenecían al glorioso equipo juvenil nacional que defendería los colores de la bandera en alguna olimpiada. Juntas eran un peligro para los contrarrevolucionarios. Podrían hacer daño físico, grave, traumático. Migdalia fue con sus amigas de la Lenin. Algunas estudiaban en la Escuela Vocacional no porque fueran cerebritos, como Migdalia, sino por ser hijas de altos cargos del Partido. Ellas gritaron más fuerte que el resto de las becarias que llevaron hasta allí para gritar. Ninguna supo quien estaba dentro, menos quien sigue dentro. En ese momento histórico todas piensan que son lo peor, quizá gente que debería estar en la cárcel; gente desafecta, parásita, inmoral. Gritan en distintos tramos de la larguísima cola con tal sincronización, que estremecen la quinta avenida, donde una vez vivió la gente más rica de La Habana. Gritan con fuerza, con rabia, con pasión, porque la calle es suya y pueden gritar lo que quieran. Gritan sin saber que gente muy cercana puede estar escuchándola. Gritan hasta quedarse sin voz. Ya ni siquiera recuerdan que les ordenaron gritar. Gritan por placer.

El tema está vetado en este pequeño embrión de sociedad cuaternaria. Cuando algún fleco del discurso se suelta, Amado se apresura a zurcirlo. Para qué hablar de aquello cuando pueden hablar de películas rusas. Para qué hablar del presente cuando pueden hablar del futuro.

Armando está confundido. Sabe mejor que nadie, que su hermano no es la carroña que parece. Sabe lo que es la escoria; abunda en todas partes. Sabe que no es un parásito inmoral. Lo que no sabe, lo que se pregunta todos los días, es por qué es un desafecto. Eso no lo sabe y quizá no se atreva a preguntárselo cuando llegue a casa. Tampoco sabe cómo deberá comportarse. ¿Como si no hubiese ocurrido? ¿Como si fuese irrelevante? ¿Como si no le importase? Siente que la vida es mucho más compleja de lo que suponía.

Migdalia y Leda bromean y sonríen con Amado, pero Armando piensa en aquella tripulación con camisetas de rayas azules y blancas, dispuesta a sacrificar a un marinero por el bien del resto, y no le entiende; como tampoco entiende por qué solo él no lo entiende.

Justo cuando cruzan por delante del edificio de transporte marítimo y puertos la lluvia se desata. Estaban avisados. El diluvio les cae encima de golpe, los empapa por todas partes. Es lo más parecido a bucear en una piscina que repone el agua a la misma velocidad que cae. La ropa se pega. Las chicas se abrazan ellas mismas para no mostrar los pezones ateridos. Los chicos no tienen nada que ocultar. No tienen con qué secarse, salvo con el vapor que desprende la calle y el aire que parece más frío.

–Vamo' echando –ordena Leda. Viven cerca, en Centro Habana. Solo un poco después del *Ten Cent* de Galiano que ya desde el 59 dejó de ser Ten Cent–. No nos acompañen. No hace falta.

Se despiden apresuradamente y tuercen hacia el Parque Central con toda la prisa que pueden. Todos los caminos llegan al Parque Central. Armando y Amado regresan hasta el embarcadero de la lanchita para regresar a Casa Blanca. El Cristo de La Habana, El Sagrado Corazón de Jesús, les vigila. No hizo nada por Batista; tampoco por Fidel y mucho menos hará por su hermano; por mucho que su madre le implore todos los días. Pero ahí sigue.

El asalto

Nunca fui valiente; al contrario. Lo sé.

–Me voy a matar –sentenciaste. No fue una confesión, fue una desvelación, un descuido, un abandono–. Quiero ahorrarles el sufrimiento a todos. A ti también –repetiste, María, y yo no respondí porque no era una amenaza, ni una bravuconería–; pero, sobre todo a Miguel.

Era la anunciación de una tragedia irremediable; de un acto que no tenía eco en toda mi experiencia. Pero se te olvidó. Se te olvidó. No te arrepentiste. Seguro. Eras limpia y terca. La enfermedad se te adelantó y destrozó esa parte de tu cerebro donde guardaste la orden de tu asesinato. Se borró.

Me usaste como si fuera un buzón de voz. Sabía que tu enfermedad te podía jugar una mala pasada. Podías decir palabras y frases comprometedoras, destructoras, aniquiladoras. ¿Quién sabe? Frases sin contexto, mal interpretadas, delirantes, hirientes. Sin embargo, se te olvidó. Días después, en uno de esos momentos cada vez más escasos de lucidez, preguntaste:

–¿Qué es eso tan importante que te supliqué que me recordaras? –No fui capaz de cumplir mi promesa.

–Me dijiste que te recordara lo importante que eres para mí –mentí y tu sonreíste ocupando toda la pantalla agradecida y dijiste:

–Yo también.

Eso lo recuerdo perfectamente. No creo que pueda olvidarlo. «La verdad está sobrevalorada». Eso pensé y me sentí mal porque una cosa es verdad o no lo es. La verdad a medias no es verdad. En la verdad no existe un punto de equilibrio, sino de piedad, de compasión, de suficiencia.

Yo nunca fui valiente María. Tú tampoco. Tú rozabas la temeridad y yo la cobardía. La valentía es ese punto de equilibrio entre la cobardía y la temeridad. Apenas tenía noticias tuyas, ya no escribías; en mi desesperación llamé a Miguel. *Mal, muy mal*, dijo, *ayer fuimos a ver qué decidía su médico. Dijo que no podían hacer nada más. La desahució, pero ella no se enteró. Estaba dormida.* Ese verano escapé a Miami. Coloqué a mi hijo con sus abuelos y escapé para no verte morir. Habías perdido las palabras. Habías perdido los movimientos. Habías perdido la conciencia. Ya solo quedaba dolor; espera y dolor. Como dijera Reinaldo Arenas, salí huyéndome, no huyéndote. No hay mejor forma de encontrarse que escapar. Me engañé. No hay manera de librarse de uno mismo. Ni siquiera de la sombra que proyectas cuando te da la luz. Jamás se puede huir de sí mismo. Jamás se puede huir del dolor y de la espera.

En Miami me asaltaron. Un tipo me colocó una pistola en la cabeza en pleno día. Nunca había visto una, solo en películas, pero sentí su letalidad fría y humeante en la nuca; lo que era y lo que podía ser. Por un momento creí entenderte, creí sentir lo que sentías. Si ese tipo me hubiera dado a escoger habría preferido apretar el gatillo, dominar el instante, controlar la situación. Por un momento pensé que, justo cuando él apretara el gatillo, tú morirías. Me di la vuelta. El hombre quedó desconsolado. Ni siquiera me robó.

El fanatismo es a la superstición lo que el delirio es a la fiebre, lo que la rabia es a la cólera. El que tiene éxtasis, visiones, el que toma los sueños por realidades y sus imaginaciones por profecías es un fanático novicio de grandes esperanzas; podrá pronto llegar a matar por el amor de dios.

François-Marie Arouet, (Voltaire)

En la otra orilla; así debió llamarse la novela de su vida, pero Ariel debe escribir muchas otras antes de aventurarse con semejante proyecto, debe entrenarse con muchos borradores, relatos y novelas intermedias, de asuntos secundarios o no tanto; en definitiva, el escritor es lo más parecido a un atleta, debe prepararse mucho antes de hacer lo mejor que puede para el… momento.

En las dos orillas; pudo llamarse la novela de su vida, pero tampoco resultó porque, aunque no lo podría explicar con total nitidez, siempre sospechó que las dos orillas eran como dos puntas de un mismo lazo, como los dos extremos inmóviles de una cuerda en vibración, como algo condenado a ser tan igual, por ser tan distinto.

En la orilla; quizá pudo llamarle a lo que podía ser un conjunto de alrededor de cien folios grapados o pegados con cola, en forma de libro; pero de esa orilla había tantas como emigrantes. Para qué describir más dolor, desarraigo, pesar. Para qué tanta muerte de la que nadie quiere saber.

Para escribir de la orilla no hay que morirse del todo, solo a medias, pero para que te lean sí. Hay demasiados escritores de orilla vivos.

Ariel definitivamente no estaba interesado ni en un lugar, ni en el de enfrente, sino en el medio, en la no-orilla; desde donde se ven ambas orillas. Eso que no pertenece a nadie y está al alcance de cualquiera. Eso que no es ni sólido, ni líquido, ni gas; ni malo, ni bueno; ni violento o dócil; ni conocido, ni desconocido. Esa es la novela de su vida, un ensayo disfrazado de novela, un viaje hacia ese no-lugar que, a diferencia de las minas del Rey Salomón, no se haya en la tierra, ni en el mar, ni el cielo, ni en la tradición. Un no-lugar que está en las antípodas de la verdad anunciada desde el inicio de los tiempos y que por eso está condenado a la tímida interpretación, a la eterna duda, expuesta a la ignorancia.

Los fascistas lo saben; adoran la tradición y odian la modernidad; aman la tierra firme, delimitada sobre el papel y las escrituras, tatuada en el ADN, rayada en los libros de historia, anegada de sangre, rebosante de héroes y mártires ilustres. Odian el tránsito, el cambio, la indefinición, lo posible. Solo el fanático conoce la verdad; por eso no argumenta, agrede. El hereje es su enemigo. Está escrito. Lo que está entre un lugar y otro no existe. No es un lugar, ni el otro. *Cree*, no lo suplica, lo exige. Lo hace por tu bien, no por el suyo. Ten fe. Confía.

Ariel aún se llama con el nombre que le pusieron al nacer, pero nadie le llama así. ¿Para qué sirven los nombres si luego, por el uso, te lo cambian? El suyo quedó atrás desde el día que salió por el puerto del Mariel hacia los Estados Unidos de América. Quién sabe si en el mismo puerto, durante el trayecto o una vez en Cayo Hueso. Desde entonces nadie más le llamó Ariel, sino Mariel. La marca con hierro candente de esa M en la piel de su nombre fue como una especie de bautismo o renacimiento.

Nunca más alguien le vio como un animal libre, sino como una res de ese ganado que salió a tropel de Cuba en medio de un linchamiento moral y en ocasiones físico. Lo curioso es que funcionó tan bien en La Habana como en Miami. Solo en España perdió sentido, pero él ya estaba demasiado acostumbrado como para intentar borrarlo. De tanto uso, perdió ese significado lacerante que quemaba en su memoria. Dejó de ser un hecho para convertirse en la representación de la virtud, un puerto con la tierra detrás y el mar delante, con el pasado detrás y el futuro delante; un lugar desde donde poder mirar hacia ambos lados, un lugar en mitad de algo, de un viaje, mucho más largo que la distancia que separa La Habana de Miami. Su nombre neutro se feminizó y se enriqueció; se abrió.

Mariel vive con Leisam en el barrio de Lavapiés. Leisam es su cuñada, pero nadie sabe que es su cuñada. Todos piensan que es su mujer porque Leisam es idéntica a su hermana gemela Masiel. Masiel es la dueña de todas las fotos de la casa y del corazón de ambos, pero Masiel se mató y todos la confunden con Leisam. Todos, excepto Mariel. Tienen la misma apariencia espejo que sus nombres. Las hermanas monocigóticas son casi idénticas, pero no sus almas. Solo Masiel sabe por qué lo hizo. Por qué dejó al resto del mundo la eterna pregunta: ¿por qué lo hiciste? Pero Masiel ni siquiera lo susurró en voz alta. Lo hizo y ya no tuvo remedio nada. Leisam se quedó. De cierta manera, nunca fue su cuñada; pero eso, la mayoría de la gente no lo sabe, ni lo sabrá. Eso forma parte de eso que llaman "secretos de familia".

Mariel y Masiel fueron una buena pareja. Se amaron en lo que pudo ser una acepción excéntrica del amor, hasta que ella empezó a emitir unas débiles señales de desesperación que el propio amor se encargó de encapotar. Después las lucen parpadearon con más fuerza, pero nadie las vio hasta que se apagaron.

Primero estuvieron demasiado ocupado con el cáncer de Chad; después, simplemente con seguir jugando a estar vivos. Masiel cortó la luz lanzándose al vacío una tarde brillante de sol anegado desde un edificio frío de acero y cristal en medio del distrito financiero. Las señales permanecieron en silencio hasta que un día, poco a poco, como fuegos fatuos, fueron destellando.

Masiel fue una lectora desquiciada, loca, enganchada. Comenzaba un libro sin terminar otro. A veces leía varios a la vez, sin olvidar ni un solo detalle de las tramas; nunca de su marido. Después de casarse con Mariel no volvió a leer una novela suya, nunca. Ni las que escribió, ni las que debería escribir. Jamás, a diferencia de Leisam, se arriesgó a que le defraudase. No quiso verse en algún personaje. No quiso imaginarse en la mente de su marido. No quiso imaginarlo en la mente de sus monigotes. No se atrevió. Se conformó con sus enormes manos, su eterna paciencia y su inmenso amor. Le agradeció que acogiera a Leisam en su vida, cuando se recuperó de sus adicciones. Le amó no por una cosa en particular, sino por todo. Mariel era como una nube echa a medida de su mastodóntico amor; una sábana exótica para un colchón exacto. Por eso nadie lo entendió. Ni ha podido responder a esa eterna pregunta: ¿por qué?

Poco a poco, como si estuviese programado, la casa fue delatando sus señales. Un libro enorme cortado en dos trozos para que fuera más práctico llevarlo a todas partes. Una trama zigzagueante de un reparto infinito a los que parecía conocer en persona. Una obsesión desmesurada por la corrección, originalidad y belleza. Un mundo rico y especial cocido de trozos irreconciliables. Una secuencia de movimientos perfecta para cada acción intrascendente. Una combinación precisa de ingredientes para una comida incomestible. Unas prendas a destiempo: calurosas en verano, frías en invierno; todo en extremo.

Poco a poco Masiel fue revelando, a través de esos objetos encontrados, la tormenta de sus obsesiones; la tímida respuesta a la pregunta ¿por qué? Gramo a gramo, fue aliviando la carga y la condena. Masiel se había convertido en otra persona sin molestar, sin avisar; con suficiente lentitud y empeño para que nadie lo advirtiera.

Cuando llegó el aviso Mariel estaba recogiendo el desayuno y Leisam pasando la aspiradora. Masiel tuvo el tiempo justo de llegar a la oficina y saltar. No habló con nadie. No escribió en ningún papel. No se quitó las gafas. Abrió la ventana y saltó como si lo hubiese practicado mil veces, con precisión y pulcritud. Ni siquiera cayó sobre coche, autobús o transeúnte. Cuando su cuerpo se quebró contra el asfalto y lo impregnó de sus restos, ese tramo de la calle estaba vacío, esperándola. Provocó un colapso monumental. Detuvo el tráfico durante las próximas tres horas; lo que marcó un pequeño pico negativo en la bolsa. Su nombre resonó incógnito en la mayoría de las emisoras de Miami FL y entre unas pequeñas líneas en la sección de sucesos del Miami Herald. Después se olvidó. Ni siquiera dejó marca en el pavimento. Solo rompió en mil pedazos la vida de Mariel y Leisam, los seres a los que más quería. Su bolsa no se recuperó jamás y su emisora radial y escrita no para de recordarlo. **¿Por qué?** Fue el gran titular durante el primer año. **¿Por qué?**, durante el segundo. **¿Por qué?** aún cuando ya va respondiendo sigue siendo el mismo titular.

Mariel y Leisam son una buena pareja. No son amigos, no son cuñados, sino más bien una yunta exótica, un trozo de familia bien pegado. Leisam tiene el mismo cuerpo que Masiel, pero no el mismo cerebro. Mariel es el regalo más importante para la alocada Leisam. Lo adora. Es su Dios particular y humano. Leisam es lo más vital que pudo dejarle Masiel. La ama. Es su ángel de la guarda particular y divina. Pero ninguno de los dos matará por ello. Saben que las profecías solo existen en la imaginación y que los sueños, son la línea del horizonte de la realidad.

trans-

Tb. **tras-** en algunas voces.

Del lat. *trans-*.

1. pref. Significa 'al otro lado de' o 'a través de'.

Romance de oficina

La madre de Armando es como Mymra, la protagonista de *Romance de oficina*: una mujer sombría y taciturna divorciada que cría a sus hijos sola. El padre, militar, nunca estaba en casa; siempre había una misión que le requería y él, como buen revolucionario, no tenía elección. Así fueron los primeros años de Armando y su hermano hasta que, sin querer, se enteró que el buen revolucionario, oficial de las fuerzas armadas revolucionarias y héroe de la revolución, tenía otra casa, otros hijos, otra mujer y otra vida.

La mujer se derrumbó en una cama durante casi más de un año en el que los niños se convirtieron, por necesidad y al unísono, en hombres y en madre y padre de su madre. No quería comer, no quería hablar, no quería sonreír. Los pequeños se quedaron huérfanos como si ambos progenitores hubieran perdido la vida en un accidente; pero no, eran unos muertos vivos desentendidos de cualquier responsabilidad paternal-maternal. *Eso es por tu culpa*, fue lo primero que dijo el padre a la madre cuando se enteró que su hijo mayor se había metido en la embajada. *Eso me puede perjudicar... y mucho*, fue lo segundo y después colgó. La mujer, de haberlo sabido, ni hubiera cogido el teléfono. Pero aquel teléfono negro con ese enorme disco solo se limitaba a sonar muy de vez en cuando. No podía ni siquiera imaginar que fuese él.

Ya no llamaba ni para sus cumpleaños. Así que la mujer sombría y taciturna, en lugar de colgar, tiró el teléfono contra la pared y se quedó sin teléfono y también sin el único adorno del salón, un jarrón mediano de porcelana, inútil, que estaba cerca. La compañía no tenía aparatos de repuesto; tampoco había donde comprarlos ni nadie en el extranjero a quien pedírselo, ni dinero para comprarlo. Cuando Armando llegó de la escuela y vio el desastre fue directo a la habitación a ver qué se encontraba. Su madre dormía así que intentó arreglar el teléfono y, de hecho, lo consiguió. Solo se había roto la baquelita que armó como un rompecabezas y la pegó con un poco de baje que le dio un vecino. Después lijó la goma chiclosa hasta limar toda su aspereza. Funcionó. Luego le preparó un café a su madre y se sentó a su lado. La mujer lo bebió, lo abrazó y lloró y se tumbaron juntos en su cama fría y vacía. «Su hermano hubiera hecho lo mismo, sin duda», pensó.

Los dos tuvieron que aprender a cuidar de su madre y a hacer pequeños trabajos para sobrevivir. A su hermano se le daba bien la mecánica y a Armando la electrónica así que entre radios y bicicletas, motos, carros y televisores, sobrevivieron mientras su madre intentaba morirse sin conseguirlo del todo. La mujer sombría y taciturna, extinta de entusiasmo y energía, se convirtió en una especie de máquina destartalada sin pilas. Su hermano no fue a la universidad. No quiso. Hizo un técnico medio de mecánico y consiguió un trabajo en un taller de taxis. Empezó a fumar, se dejó el bigote y se convirtió en el hombre de la casa. Él traía el dinero y él se ocupaba de todo. Su madre se limitaba a limpiar la casa cuando le parecía sucia y a cocinar cuando tenía hambre.

Armando habría deseado buscarle un marido, pero nunca supo como hacerlo. Las ideas de su amigo Amado tampoco sirvieron de nada. Su vida era una especie de palo chamuscado, una pequeña brizna que no se apagaba porque era demasiado dura. *Palo de monte*, decía Amado y él solo veía una rama seca, mustia y marchita.

El plan de Armando era más ambicioso. Él sí iría a la universidad. Tenía las mejores notas y había pasado el corte. A veces pensaba que esas notas las debía más a la necesidad que a su virtud, pero no lo desaprovecharía. Tenía planes de arreglar la casa, de no abandonarla jamás. No lo soportaría. Primero su padre, luego sería su hermano (que, aunque aún no había salido del país, ya no podría retractarse, ni aunque quisiera). Ahora solo le preocupaba que la decisión de su hermano no le perjudicase a él, que no le perjudicase a los dos.

Era imposible saber si su madre sufría más. Hay un nivel de saturación por encima del cual nada puede afectar más. Es como un tanque de agua cuando se llena, toda el agua de más se perderá. No puede llenarse más y da lo mismo si le cae una gota o diez o mil; todas se perderán. Su madre era un tanque vacío, saturado de vacío del cual ya nada más podía perder. Él creía entender a su hermano; a lo mejor, incluso, pensaba en irse para ayudarles más. A lo mejor no podía soportar vivir así más. El egoísmo no siempre es lo que parece y, en definitiva, solo se vive una vez. Nunca lo hablaron. Su hermano nunca fue un desafecto. Nunca se metió en líos. Nunca protestó por nada. Su hermano era un enigma del que poco o nada sabía. Apenas hablaron, apenas se abrazaron, apenas se confesaron. Se limitaron a, cada uno a su manera, cuidar de su único bien común, su madre.

Nunca supo si tenía novia, si le gustaba la pelota o el boxeo, si sabía bailar, si sabía cantar. Él tampoco. Él tampoco supo si Armando tenía novia, si le gustaba la pelota o el boxeo o ninguno de los dos o si le gustaba Abba o Los Van Van. En casa la única música que se escuchaba, cuando se escuchaba, era la de la radio. Lo primera sintonía que encontraran. No había discos, no había tocadiscos, no había casetes, ni grabadora de casetes. Solo una radio VEF que sintonizaba lo que le daba la gana, cuando le daba la gana y vomitaba la música que al partido comunista le daba la gana.

Su madre oía los interminables discursos de Fidel. Se sentaba al lado de la radio y se quedaba todas las horas que durara, sin interrupción ni para ir a orinar, como si fuese una pipa de opio. Sin asentir, ni disentir, sin moverse. Los largos monólogos salían del pequeño altavoz, entraban por sus tímpanos y se perdían por sus cócleas sin que nadie tuviera claro a qué parte del cerebro llegaban. Los hermanos no, pero no lo hacían por nada en especial, sino porque en la escuela lo repetirían, se los leerían o se los harían leer, lo preguntarían, lo evaluarían. Recitarían un trozo en el matutino, otro trozo en clases o en algún círculo de estudio, que era el eufemismo clásico de reunión de formación ideológica "revolucionaria". Todos lo escuchaban mecánicamente, sin prestar demasiada atención, sin detenerse, sin saber a qué lugar del cerebro alcanzarían. Era lo más parecido a leer en diagonal. Ningún discurso de Fidel le había devuelto a su padre y a su madre, sino más bien todo lo contrario. Como el Sagrado Corazón de Jesús, Fidel era una mole de piedra verde que les vigilaba desde lo más alto. Por mucho que le implorasen todos los días un presente mejor, Fidel solo señalaba con su dedo al futuro y al enemigo. Por mucho que le jurasen que, gracias a Fidel, Armando iría a la universidad, él no podía evitar pensar que también, gracias a Fidel podría quedarse fuera. Fidel era el Dios de la revolución y sus discursos, el dogma. Armando podía soportarlo, Amado también, incluso Leda y Migdalia parecían disfrutarlo, pero él no tenía claro si su hermano no. Si fue eso lo que le convirtió en desafecto. Él no tenía su fe, ni la de su hermano.

El anuncio de la peor noticia

Hace ya más casi un año, María, me llamaste para anunciarme la peor noticia del mundo. Fue un aviso. Siempre tuviste mucho cuidado, siempre te preocupó, no dañar a nadie, ni mentir, incluso aunque te fueras a morir.

–Siéntate –me ordenaste.

–¿Por qué?

–Porque te voy a dar una muy mala noticia –y yo empecé a llorar por dentro, sin que se notara; y se me olvidaron todas las palabras; y tuve una fuerte sensación de debilidad, de desplome, de hundimiento. La noticia ya estaba dicha.

–Me voy a morir. Me quedan seis meses de vida... más o menos.

Eso fue, más o menos, la parte más relevante de la conversación. Después hubo frase aisladas como: *Si, no se puede hacer nada, ¿Están seguros?*, etc. Dicen que lo único que no tiene remedio es morirse y aquel anuncio me llegó sin remedio. Llegó como una púa larga ramificada de pinchos. Se metió dentro de mí. Me sacudió hasta hacerme sentir náuseas. Me apretó los pulmones hasta quedarme sin aire. Me destrozó hasta el desamparo. Me retumbó en la cabeza hasta hoy. Lloramos; como no podíamos hablar, lloramos, y tú insististe que estabas mejor, incluso que estabas bien y no podía ser verdad porque nadie puede estar bien cuando sabe que no sobrevivirá ni siquiera a un año, pero lo dijiste: *Hay que asumirlo, estoy bien.*

Me sentí miserable, egoísta, idiota, y quizá se notara en el llanto silencioso porque la gente no paraba de mirarme y yo me comportaba como si no hubiera nadie. No era una mala noticia, era la peor noticia. *Ese médico nos dijo que podría ser en unas semanas o unos pocos meses, más o menos. ¿Qué te parece?, ¡como si fuera Dios! ¿Cómo se debe llamar a todo eso que queda entre medias, porque vida no es? ¿Qué se supone que deba hacer mientras pueda hacer algo? ¿Cómo se supone que debo vivir lo que me queda? ¿Oye, podría hacer lo que fuera que me falta por hacer, no? Incluso podría hacer algo malo, muy malo, porque...* Podía decirte: *No es justo, para ya*, y de hecho lo dije, aunque no te detuve, aunque no me oyeras. A ti nada podía detenerte.

La justicia es una virtud abstracta que se mueve entre el egoísmo y la falta de amor propio. Sentí que debía agarrarte y no soltarte, pero no podía, ni debía. Eso no era lo que tú querías, ni deseabas a nadie. Tú solo querías permanecer el mayor tiempo posible, hacer todo lo que pospusiste por una razón u otra, y dejar huella. Temías irte del todo, de la vida y de las almas.

Ese día, cuando encendí el televisor para no pensar en lo único que podía pensar, pude ver una imagen de los miembros de la cofradía del Prendimiento, más patética que poética. Lloraban sin consuelo porque, a causa de la lluvia, no podían salir. La hermana mayor, hacía "oficial el anuncio de la peor noticia posible" para la familia cofrade. Me insultó. Me enrabietó. Me cabreó. Viéndolos llorar sentí que la justicia era violada, que el egocentrismo consumía en aquel acto la más ínfima solidaridad, que debajo de esos capirotes se agitaba un fanatismo en forma de humillación y desprecio. Su "peor noticia" era una mierda de noticia que solo le importaba a esos miserables disfrazados, reconvertidos en los más fieles una semana al año. Sentí tanto asco que me olvidé de ti, María. Tenía un motivo para descargar mi rabia.

La rabia no tiene forma. Se despliega como una especie de energía negativa hacia algo con el único fin de la destrucción. Entre aquellas imágenes de inútil conmiseración, de abrazos falsos y empatía simbólica, en primer plano, destacaba un capirote azul marino sobre un mueble. Tenía el pico doblado, tanto, que parecía la imagen de un fantasma, de un traje hecho a medida para ocultar el vacío. Detrás de los orificios no habría ojos ese día, pero es imposible no imaginar que algo puede estar mirando, vigilando. Aquel fantasma era como ese fantasma de Telegram que sustituye los muertos.

Sentí vergüenza ajena y propia, mucha vergüenza; por no saber cómo estirar el brazo y agarrarte con fuerza, aunque tú no te dejaras, aunque tú no quisieras. Sobre la mesa de centro el cenicero de jade verde que compré en la Capadocia esperaba con paciencia que volviera a fumar. Lo agarré y lo tiré contra la estúpida pantalla. Me deshice de ambas cosas a la vez y también de las ganas de fumar, definitivamente.

El intervalo entre esa llamada fatídica y mi huida a Miami fue, con exactitud, de cuatro meses y diez días. Los médicos fueron demasiado optimistas. No fue más o menos, fue solo menos. Tu marido, Miguel, tuvo que dejarlo todo y convertirse en tu sombra. Tuvo que aprender a interpretar el movimiento de tus ojos. Tuvo que suministrarte la morfina cuando el dolor se hizo insoportable. Tuvo que recordarte que ya habías desayunado, comido o cenado. Tuvo que llevarte en silla de ruedas. Tuvo que demostrarte que era él y no un desconocido quien vivía contigo. Tu insististe que alguien te había pintado. Era un cuadro enorme. No tenías cara. Tuvo que convencerte que no había tal cuadro, ni tal modelo, ni tal artista.

Cuando las ideas se convierten en un cuerpo de doctrina cerrado que se define como algo, se convierten en ideologías, en un armazón sobre el que se sustenta la imagen que el sujeto quiere tener de sí mismo. Y entonces dejan de ser ideas. Porque si las ideas sirven para pensar, las ideologías sirven para disimular la ausencia de ideas, para acorazarse contra ellas. Las ideologías prestan a quienes carecen de ideas el mismo servicio que las pelucas a los calvos.

Ricardo Moreno Castillo

María ha pedido ayuda a su amigo Mariel. Necesita escribir sus memorias, pero no tiene tiempo, ni memoria. Eso le explica y cinco minutos después se disculpa; necesita descansar. Mariel sabe que la jaula de su enfermedad no permitiría escapar ni siquiera a diez ideas memorables de su vida. No obstante, se prometió intentarlo. Al día siguiente seleccionó el instante más oportuno para llamarle. Miguel contestó con voz cansada, harta, resignada. Después de unos breves minutos poniéndole al día de la pérdida de alguna capacidad básica, se interrumpió él mismo, a sí mismo: –Has tenido suerte. Cielo, es Mariel... Espera que se pone.

–Hoola –dijo con ese estilo particular de alargar la o.

–¿Qué tal estás?

–Bien, cada vez tengo más sueño; deben ser las pastillas.

–He estado pensando en lo que hablamos ayer.

–¿Ayer?

–Si.

–Ahhhh, si. Te dije que iba a probar con María –después se rio de su propio chiste como una adolescente traviesa y comprendí que nuestra conversación se había perdido por algún lugar de su hipocampo–. Ya sabes que soy un poco... ¿cómo se dice?... Se me ha olvidado la palabra. Jo.

El resto de la breve conversación que sostuvimos fue un diálogo de besugos inconexo e intermitente hasta que se despidió como si lo hiciera de su marido.

–Adiós Miguel. Espera que me acordé... Soy un poco irracional, ya me conoces. Besitos.

Casi termina la frase con la palabra "irracional"; el culto a la acción por la acción. Mariel conoce bien a María; desde que puso un pie en Madrid hace ya casi un cuarto de siglo. Tiene razón. Para ella las acciones son bellas en sí mismas; por eso no reflexiona, se lanza, actúa, aunque eso no signifique que no piense o que no le importen las consecuencias.

Cuando le habló de su *affaire*, a Mariel le extrañó a medias. Miguel es un tipo adorable, pero eso poco o nada tenía que ver con las aventuras y desventuras de María. Supuso que él la quiere así, la cuida así, la recordará así, porque María tiene pocos misterios o ninguno.

–No es la primera vez –puntualizó y a continuación dijo que le gustaba ser compartida; que, si lo había dejado de hacer, era porque a Miguel no le gustaba pero, añadió: –Esto es diferente.

No explicó por qué, ni Mariel se lo preguntó, aunque intuyó que se trataba de algo especial, extraordinario, algo de lo que Miguel estaría a salvo.

Algunos temen lo "normal", lo mismo que otros temen lo "excepcional", pero desde extremos opuestos, desde superioridades morales diferentes. Detrás de lo "normal" suele esconderse un conjunto de dogmas, doctrinas y postulados incuestionables que alguien colocó allí para no ser cuestionados.

Pensar, en esa "normalidad" es una forma de castración. Detrás de lo "excepcional" suele mostrarse el cuestionamiento constante, la crítica, la incredulidad. Pensar, en esa "excepcionalidad" es una forma de empuje. En el mundo real lo "normal" y lo "excepcional" no están repartidos de igual manera por lo que, la irreflexión, la acción por la acción, la estupidez, se reproducen como conejos. Leisam dice que es como una alcantarilla mal sellada de la que empieza a brotar un ridículo hilo de aguas negras y termina inundando y apestándolo todo porque, en un momento dado, ya ni siquiera la mayoría recuerda dónde está la tapa o cómo hacer para devolver la mierda adonde nunca debería salir; a veces cuesta millones de vidas. En esta charca inmunda, lo "excepcional" son solo restos que flotan contra corriente. María no es exactamente irracional, sino más bien excepcional; cerca de los límites es difícil marcar la diferencia.

María tiene algo de Masiel y de Leisam que Mariel no pasa por alto. Los seres de color alegran el gris monótono de la cotidianidad. No son como un broche en un vestido, ni como una bufanda de color que adorna un traje negro, no. Son algo distinto a la oscuridad, a la ausencia, a la "normalidad". Son seres en tránsito; como una nube de mariposas que cuando impacta contra un proyectil lo tiñen de color; a partir de entonces, solo puede ser una obra de arte letal. A María le alcanzó el proyectil de la adversidad; un enorme y tosco proyectil ruso, con manual de instrucciones del desastre en cirílico; un meteorito acelerado que, pudiendo caer en cualquier lugar, apuntó a su cabeza.

Mariel la conoce, cree que la conoce. Sabe que la magnitud de las heridas que provocará en Miguel será más parecida que diferente a la que produjo el proyectil que impactó contra el asfalto en el Downtown en su alma y en la de Leisam. El dolor genérico tiene el mismo regusto, pero cada uno tiene su esencia; una forma particular de ventilar las heridas.

Miguel no se preguntará ¿por qué?, porque lo sabe. Quizá se pregunte ¿por qué a María?, pero sabe que para ese tipo de preguntas los descreídos no tienen respuesta. Saben que el azar lo mismo da, que quita. Las alcantarillas del dolor no están señalizadas, ni cubiertas. Por mucho cuidado que tengas es difícil, a veces imposible, evitarlas. Debajo de cada agujero hay una mina dispuesta a destrozarlo todo; no solo a su víctima, sino a todos los que le miran desde arriba. Los temerarios se asoman, meten la cabeza, corren. Los cobardes van de puntillas, miden la escasa radiación a cada paso, se detienen. La adrenalina sube, lo mismo para el temerario que para el cobarde; el riesgo y el peligro producen el mismo efecto químico, aunque no el mismo placer. El temerario goza ante el peligro. El cobarde sufre ante el riesgo.

Mariel sabe que su infancia fue "complicada". Su padre les amenazó continuamente en abandonarlas hasta que lo hizo. Su madre le dio seis hermanas. Un accidente se las quitó. Solo ella sobrevivió al impacto. Tenía diez años. Un tío lejano la adoptó y la violó sin contemplaciones. Protección social se hizo cargo de desprotegerla. Creció como un conejo en medio de una sabana africana. Con apenas trece años se escapó a vivir con otro inadaptado y tuvo su primer legrado; casi pierde la vida. Se emborrachó, drogó y folló, solo por emborracharse, drogarse y follar. Cuando sobrevivió a la mayoría de edad se largó a San Diego, California, con un camello checo. A punto estuvieron de lincharla por equivocar unos gramos de coca con un producto de cocina. Gracias al autodidacta químico de su novio conocía el eros (la cocaína rosa), el pervitín, el braun y otros tantos sucedáneos. A punto estuvo de matar a un hombre que la violó. No lo hizo, solo le reventó los huevos de un disparo, esnifó el hilo del humo, no le gustó, y determinó que debía cambiar su vida. Así de simple. Tenía dinero, para recuperarse de sus excesos. Tenía libertad, para cambiar el mundo. Tenía independencia, para fundar una república. Tenía opciones y apostó por la vida.

Regresó a Madrid y montó una guardería bilingüe. Fue simple. Muchos profesionales esperaban contrato. Ella solo movió los hilos y puso la pasta. Todo lo demás llegó solo; incluso la reforma integral de la república de su vida.

Miguel parecía un padre, pero era un tío. Llevaba y recogía a su sobrina casi con la misma diligencia que sus padres. Conectaron enseguida. María era tan dura como sofisticada y Miguel tan tierno como abierto. Después de un curso se casaron y mudaron juntos. Nunca pudo tener hijos. Quizá fue secuela de su azarosa vida. Pero los hijos no son imprescindibles; *son solo un mecanismo de propagación de la especie*, así lo justificó Miguel. *No te podré dar hijos, pero compartiré contigo todo mi dinero, libertad e independencia*, así le correspondió María.

No había vuelta que darle. Mariel abrió un nuevo proyecto Scrivener; todas las páginas en blanco, por llenar. Lo tituló: *Palabras prestadas*, y se quedó pensando qué debía escribir y se quedó dormido, soñando... hasta que Leisam lo despertó para llevarlo a la cama.

Liberación

Liberación no era una película, sino una serie de cinco películas que narra la Gran Guerra Patria hasta la victoria final. Cada película es una victoria, cada soldado un héroe y los incontables figurantes otros héroes cuya misión es exaltar el patriotismo, honor y valor de los bolcheviques; dispuestos a pagar con sus vidas la victoria contra el fascismo. *Osvobozhdenie*, prefería llamarla Armando. Cuatrocientos setenta minutos en total, con un promedio de más o menos hora y media cada una de la serie. Siempre insuficiente para Amado y suficiente para Migdalia. Los cines cambiaban, pero no las condiciones requeridas por la activa pareja. La inactiva repetía su rito de sentarse en el centro del centro y disfrutar de la cinematografía hermana.

Ambos fogosos sabían que aquella situación no duraría para siempre. Cada película era una nueva conquista, un pasito más en la sagrada batalla del sexo. Solo faltaba "El último asalto" para el que los dos estaban preparados. Ocurrió de la manera menos romántica y más excitante: en el propio cine. En la silla central de la última hilera de la planta superior del Yara. Ahí se consumó la pérdida de la virginidad generalizada tras una sangrienta batalla. Iban preparados. La estrategia es fundamental para culminar un proyecto que empezó con pequeños roces de labios.

Pero no iban preparados para llegar al máximo. Habían pactado ir un poco más allá, solo eso. Un poco de chantaje emocional y un poco de cuerda al reloj biológico permitieron llegar a una especie de preacuerdo en el cual ambos órganos genitales tendrían contacto. No sería una penetración. Aún no. Sería una especie de masturbación entre piernas, rozando, palpando, mojando y mojándose, pero nada de entrar y salir.

Entre una lluvia de bombas nazis y morteros rusos, una vez seguros de estar completamente a solas en toda la platea alta, Amado se abrió la portañuela y liberó el largo clavo acerado, Migdalia se quitó el blúmer, se levantó la saya y se sentó sobre Amado, de espaldas a Amado, contra Amado. Para cualquiera que los mirase de frente solo vería a una joven bella y revolucionaria concentrada en aquel horror, pero detrás y debajo de ella estaba Amando, tal y como habían acordado. Lo apretó entre los muslos y su vulva y se sacudió con sumo cuidado hacia todas partes. Amado sintió la muerte. En cualquier momento podía morirse. Sintió algo superior a cualquier cosa que hubiera experimentado con sus manos. El glande rozaba al clítoris, que no paraba de enviar información equivocada al cerebro. Según aumentaba la excitación se desvanecía el control; más bien lloraba de impotencia y se entregaba. Cuando todos los nervios sensibles de Migdalia vibraron al unísono, cuando ya era imposible la continencia, se levantó lo justo para enterrarse en aquel artefacto indomable. Amado sintió que pasaba a otra dimensión, que una bomba enorme apagaba las luces de su mundo y encendía las de otro en un planeta desconocido y líquido. Los espasmos de Migdalia, confusos de dolor y placer, provocaron un terremoto superior a cualquier artillería pesada rusa o nazi o las dos juntas y por fin, pudo morir. Algo viscoso se estrelló con violencia en aquellas paredes tan suaves y carnosas y pudo por fin, recuperarse de la asfixia. Estuvieron así, como dos perros que no pueden separarse un minuto, quizá dos o más, hasta que recuperaron el aliento.

Entonces Migdalia con un reflejo involuntario, aconsejado por sus desaparecidos ancestros, se taponó con el blúmer la vagina y salió hacia un lado. Sentía ardor y una mojasón como si se hubiera orinado encima. No podía verlo, pero intuía que era sangre. Amado la había desvirgado. Él también notó algo imposible de calificar de extraño en su primera vez. Al principio lo atribuyó a Migdalia, pero él también sangraba. Lo había circuncidado. Su sangre era más líquida y más roja. A pesar de la oscuridad, tuvo tiempo de sacar el pañuelo y cubrirla en una especie de torniquete improvisado con su mano. La cubrió como si fuera una momia y se fue corriendo al baño de hombres. Migdalia salió por el otro lado del pasillo hacia el de mujeres. Ambos tenían mucho que lavar y secar. Por fortuna, la ropa no se había manchado. Solo los blúmeres de Migdalia estaban empapados, pero la ropa íntima se lava y seca rápido. Había jabón y el secador funcionaba. Improvisó una compresa con algo de papel sanitario y en menos de diez minutos estaba lista. Era la misma y era otra. Había perdido lo que consideraba más sagrado, su virginidad, y había ganado lo que más anhelaba, la madurez. Amado improvisó otra momia con papel sanitario hasta que consiguió contener la "hemorragia" y salió sin más. Él tampoco era el mismo. Había perdido la vergüenza y había ganado la hombría.

Se encontraron entre los baños, se besaron, se rieron nerviosos (fue espontáneo) y regresaron a la guerra. Esta vez a la platea baja, un poco más al lado del centro del centro donde Armando y Leda estaban a punto de contemplar la Gran Victoria.

Salieron del Yara y cruzaron a Coppelia. El tiempo estaba bueno y no tenían prisa. No llovería. Olía a nuevo, a futuro, a fertilidad. Leda se pidió una ensalada (cinco bolas), Armando un Sundae, Migdalia una Copa Lolita y Amado un Suero. Cada uno de sabores diferentes. Se sentaron arriba, tras los vitrales multicolores a disfrutar del helado y del ambiente.

En sus mentes aún caían bombas y dolían coágulos de sangre. *Veni, vidi, vici.* Rusia aplastaba al Fascismo y el sexo pulverizaba al lado oscuro del imperio galáctico. Migdalia y Amado no podían ocultar cierto nerviosismo. Migdalia se preguntaba si esta conquista haría retroceder a Amado. Amado no sabía si esa capitulación le haría avanzar a Migdalia. Pero todos parecían calmados mientras crecían las colas según bajaba el sol.

Un grupo de chicas, al parecer atletas, rodearon su mesa para alcanzar otro espacio más estratégico. Una de ellas, con un exótico corte asimétrico de pelo, medio largo-medio rapado, guiñó el ojo a Leda. Nadie, excepto ella, se dio por enterada. Le devolvió la sonrisa y siguió como si nada. La vida avanza entre grandes y pequeñas señales. No siempre un conjunto de cambios cuantitativos culmina en un salto cualitativo.

Armando estaba serio, pero él siempre estaba serio. Nació serio. Se crio serio y de seguro, morirá serio. No era por él, tampoco por Leda. Estaban juntos por algo de azar y por la paulatina constatación de que estaban mejor juntos que separados. No se interferían, ni molestaban; más bien se complementaban. El "novio" de Armando, como le llamaba Amado, era más activo que pasivo y la "novia", al revés. Ella era la fuerte, la decidida, la que cuestionaba. Él era el débil, el indeciso, el que se cuestionaba. Todo perfecto. Se hacía lo que ella quería, como quería, cuando quería y donde quería y hasta entonces... ni una reclamación en el buzón de quejas y sugerencias. Sin embargo, ninguno de los dos sabía muy bien lo que querían, por muy claro que parecieran tenerlo; al menos Leda. Era una especie de experimento mitad intelectual, un cuarto espiritual y otro cuarto carnal. Todo también con mucho tiento, titubeo y calma; lo más parecido a cruzar un campo minado de estereotipos con una antorcha en cada mano.

Leda no se reservaba para la posteridad como Migdalia. El primer día que se besaron, ocultos en un cuarto de electricidad oscuro de Centro Habana, se bajó los pantalones y ordenó a Armando que le hiciera un cunnilingus; aunque ella dijo simplemente: *vamos, mámame el bollo. Acabo de lavármelo.* Ese día Armando aprendió, en una sola lección, cuáles eran las cinco partes de la vulva: los labios mayores, los labios menores, el vestíbulo vaginal, la vagina y el clítoris. Sin diferenciarlos, ni distinguirlos, como si fueran las partes de una máquina engrasada que se movía con precisión y diferencia en cada una de las fases. Su miembro se irguió, pero ahí, arrodillado, poco podían hacerle. *Espera, que luego yo me encargo,* pudo escuchar apenas desde lo alto, con palabras enterradas en jadeos y convulsiones. Leda tuvo varios orgasmos casi seguidos. En todos, su largo clítoris comparable con el pene de Armando eyaculó como si fuese un hombre, con un chorro abundante que exigió tragar sin rechistar y seguir. Cuando le pareció oportuno se dio la vuelta y ordenó de nuevo. *Vamos, qué esperas, métemela por el culo,* y con cada una de sus enormes manos se agarró las nalgas y las abrió para dejar paso a la tímida verga de Armando. Todo estaba mojado, así que entró sin dificultad y tras varios vaivenes expulsó todo el semen que atesoraba desde que entró en la pubertad.

El primer día todo quedó claro y despejado y según avanzaron en su relación, Leda asumió cada vez más el rol de macho alfa. Si hubiera tenido un consolador se lo hubiera metido por el ano, pero Armando se conformaba sin demasiados aspavientos con que le introdujera sus enormes dedos mientras se tragaba y regurgitaba su pene hasta dejarlo vacío en su rol de hembra beta. Él sabía que el verbo griego *lesbiázein* significa "felar" y que las mujeres de Lesbos, en la Ilíada, eran las féminas que mejor practicaban la felación, pero no sabía, ni de lejos, lo que significaba. Lo único, en apariencia, prohibido, era penetrarla por su vagina.

Según la jerarquía romana de la degradación sexual, la felación o el cunnilingus convertía a su ejecutor en culpable. Si el impuro o degradante era hombre se rebajaba incluso más que si era penetrado por otro hombre. Recibía el estatus legal de infame, al mismo nivel que prostitutas, gladiadores y actores, lo cual le impedía votar y representarse a sí mismo ante un tribunal; así que los "infames" siguieron avanzando en lo que, según Leda, no eran más que prácticas anticonceptivas muy satisfactorias. No tenían de qué quejarse, ni por qué. Podían disfrutar sin afectación de sus momentos cinéfilos soviéticos sin riesgo al escándalo o escarnio público. Cuando Leda quería sexo, cosa que solía ocurrir con más frecuencia de la que Armando necesitaba, sabía cómo pedirlo y dónde y cómo... practicarlo. Vivía con un padre demasiado trabajador; nunca estaba. Podía predecir con la precisión de día, hora, minuto y segundo, cuándo desaparecería y cuánto tardaría en reaparecer y disponía de una barbacoa suficientemente grande, ventilada y privada. Solo tenía que coger el teléfono y aclararle a Armando que viniera solo; sin su amigo... el estrecho.

Ya se verá

El MOT, el museo de arte contemporáneo de Tokio se interesó por tu retrato, María. Me ofreció una buena cantidad de dinero a pesar de que lo hubiera donado con gusto. Creo que es un buen lugar para él, con buena proyección. La cultura oriental suele apreciar cosas que la cultura occidental desprecia o no aprecia como debería. Ellos no lo dudaron. No acepté de inmediato. Tenía que pensarlo. Lo pensaría el resto de mi vida, si me dejaran; pero yo quería liberarte, como si soltase un enjambre de mariposas, para que mancharas de color todo lo que se te cruzara delante; así que, en algún momento debía dejarte marchar.

Pasé largas horas mirándote; quizá por eso; quizá porque ya no podía verte, ni tocarte, ni mirarte; quizá porque ya no podíamos hablar y tus mensajes más largos de WhatsApp solo decían "Te adoro", con alguna letra equivocada y los míos se quedaban sin leer. Desde el largo sofá donde ocurrió la magia, me acosté largo rato para despedirte, mi maja-origen, mi retrato terminado al no terminarlo, mi chica terminada sin que termináramos. Ahí está, como tu avatar, sugiriendo una continua epifanía. Brindé por ti, me inundé de ti para que no me faltaras y te acompañé hasta tu destino final.

Los orientales entienden de esas cosas, de las que no se dicen, de las que, para que no se olviden, tienen que cambiar, de esas riquezas que la mayoría no ve. Doné tu retrato. Me pagaron bien, mucho más que bien; una obscenidad de dinero, por una serie de retratos menores a medias entre preparatoria y premonitoria, pero tu pintura no tenía precio. Me transfirieron mucho más dinero de lo que nunca he necesitado. Me retrataron. Llovieron las ofertas. Me reciclaron. Volví a los catálogos y libros de arte; sin embargo, María, nada de eso me devolvió ni el más mínimo soplo de tu aliento. En medio de ese despliegue de ostentación, mi vida apenas cambió. Seguí haciendo la única cosa que me producía placer: pintar.

Seguí pintándote. En cada trazo dejé un rastro de tus gestos con sumo cuidado de no agotar, ni exceder, ni manchar, ni ocultar, ni borrar. La figuración, poco a poco, se hizo abstracción; fue como si se licuara. Empezó como si nada y, cuando me di cuenta, ya era una charca, luego una laguna que desembocó en el mar; después, ya no hubo remedio. Lo inundó todo y tú nadabas debajo, pero, en la superficie, fulguraban muchas tú en distintas posiciones que creaban enormes manchas de colores cada vez más imprecisas. Las ausencias importaban cada vez menos porque todo se confundía en una sensación. Temí que esa manera de pintar terminara por hacerte desaparecer, pero no pude evitarlo.

Esas sensaciones se vendieron aún mejor; el MOT había puesto en ON un mecanismo que parecía crecer con la misma dinámica que ese pequeño líquido que eras tú. El precio de las obras subía mientras tú nadabas más profundo, mientras más reverberabas en ti misma, mientras más parecía una nube de mariposas que impacta con un proyectil y lo tiñen de color. Temí que mi obra se convirtiera en una obra de arte letal, pero ya era tarde.

Regalé a Mariel y Leisam el lienzo que eligieron. Les di a escoger y lo hicieron. No me importaba que fuese el más grande o el más pequeño, el más bello o feo, el más colorido o el menos. Ellos se llevaron el más tú, agradecidos; no encontraron las palabras, ni la manera más precisa de decir... gracias, pero no hacía falta. Se llevaron un trozo de ti como si fuese el más valioso tesoro. Sentí alivio. Ahora podían disfrutarte desde mí, podrían seguir evocando recuerdos, memorias, instantes. Podías seguir alumbrando sus vidas incluso cuando sobren sol, velas o linternas. Todo podría seguir siendo igual o, quizá, mejor.

El valor del dinero no es el mismo que el valor de las cosas. Esos lienzos valían cantidades insultantes porque la ostentación y la soberbia así lo demandan. Adornarían salones y oficinas aportando más vulgaridad y banalidad a la vida de los compradores; de esos que pagan por inversión, por moda, por esnob. Los famosos se harían más famosos. Para nuestros amigos, María, ese lienzo no tenía precio y valor... el que quisieran darle. Tú no adornarías su salón, tu iluminarías sus vidas como haces con la mía; aunque a veces tengo unas ganas irresistibles de rabiar, de gritar, de romperlo todo, de encender una hoguera y rendir culto al fuego, a su poder purificador, de quemar hasta la última fibra de la existencia.

Si yo muriera, los compradores te revenderían para alimentar el ciclo, para seguir con el engaño. Si me matasen o me suicidase, esos lienzos alcanzarían precios que de solo imaginar me dan náuseas. Si yo muriera, el lienzo de Mariel y Leisam se elevaría exponencialmente; aunque ahora no se vea, aunque cueste identificarlo. Yo estoy ahí, en esa gama orgiástica de color, en esa sensación. Ya se verá.

En un mundo como éste hay una patria posible, y se llama Fuga.
Miguel Monrey

Mariel escribe sobre el fanatismo; algo indefinido entre la novela y el ensayo; algo que, por estar en medio, no encaja, incomoda y perturba a ambos, "normales" y "excepcionales", aunque no en igual proporción. Mariel sabe que no es "normal", tampoco "excepcional"; es una gran ventaja (se salva de sí mismo) y también una gran desventaja (le atacan por todas partes). Su postura parece que no es postura alguna; pero sabe del peligro de afiliarse a una ideología. Las ideologías se reúnen en los extremos y pueden servir ser poderosas máquinas de apoyo y crecimiento de la estupidez. "... la semilla del fanatismo siempre brota al adoptar una actitud de superioridad moral que impide llegar a un acuerdo" dice Amos Oz. Mariel no tiene ideología, sino ideas.

El conoce del fanatismo mejor que nadie. Sabe perfectamente el peligro de sumarse a una ideología, por muy humana y ejemplarizante que parezca. El conoce la tolerancia peor que el resto. Sabe lo que ha aprendido, lo que ha vivido por muy poco ejemplarizante que parezca. La virtud está más cerca de la trascendencia que del relativismo; solo así se es vulnerable a los efectos de la diferenciación entre el bien y el mal.

Joseph P. Overton propuso cinco etapas para aceptar lo impensable en la actual sociedad, inmune a los efectos de la diferenciación entre el bien y el mal; para ir de lo impensable a lo político. En la ventana Overton bastan cinco etapas para ir de un extremo al otro, de lo malo a lo bueno, y viceversa:

1. De lo impensable a lo discutible. Para cambiar la percepción de algo que se encuentra en el nivel más bajo de aceptación, absurdo, impensable, tabú (sirva de ejemplo el canibalismo o la pederastia), se opta por trasladar la cuestión a la esfera científica; para los científicos lo "normal" es lo "excepcional": no hay temas tabúes. Así el tema inaceptable comienza a discutirse.

2. De lo discutible a lo aceptable. Es preciso inducir a la comunidad acerca de que, siguiendo a los científicos, uno no puede oponerse a tener conocimientos sobre ese algo tabú, absurdo, impensable. Si una persona se niega a hablar de ello, debe ser considerada una hipócrita intolerante. Se crea un eufemismo para el propio fenómeno que disocie la esencia de la cuestión de su denominación y separe la palabra de su significado. La neolengua es una herramienta excepcional en esta etapa. El canibalismo, por ejemplo, se convierte, por arte de la manipulación mediática, en antropofagia o la pedofilia en «movimiento del amor hacia los niños». Se crea un precedente de referencia, histórico, mitológico, aunque no sea cierto, para ser utilizado como prueba de que la antropofagia, hasta por ancestral tradición, puede ser legalizada.

3. De lo aceptable a lo sensato. Se promueven ideas falsas y absurdas; por ejemplo: que el deseo de comer personas está genéticamente justificado, que a veces una persona puede recurrir a eso si se dan circunstancias apremiantes o que los niños pueden consentir el sexo con adultos. En esta etapa, expertos y periodistas demuestran diligentes que durante la historia de la humanidad siempre hubo ocasiones en que las personas se comían y follaban alegremente las unas a las otras; independientemente del sexo y la edad.

4. De lo sensato a lo popular. Se promueven ideas de normalidad; por ejemplo: que el deseo de personas de comer personas es normal o que los resultados negativos atribuidos a las relaciones sexuales adulto-niño se pueden explicar mejor generalmente por otros factores, tales como el ambiente o un incesto en la familia. Los medios de comunicación, con la ayuda de expertos, personas famosas, políticos, etc., hablan ya abiertamente de sus deseos reprimidos de zamparse al vecino o de follarse a su nieto y, alguno que otro, considerado valiente y honesto por la prensa, confiesa algún acto de antropofagia oculto allá en su más tierna adolescencia o de relación prohibida. El tema empieza a aparecer en series y películas, canciones populares, videos, redes sociales, blogs, etc., y comienza la promoción de personajes que practicaban el arte de la antropofagia y del "amor hacia los niños". Lentamente se humaniza a los criminales que la practicaron mediante la creación de una imagen positiva, diciendo: ellos son víctimas; la sociedad y la vida les llevó a practicar antropofagia o parafilia (no se menciona por supuesto comer humanos, ni canibalismo, ni pedofilia o abuso sexual).

5. De lo popular a lo político. La normalización de las ideas lleva a su legalización. Por ejemplo: comer personas es legal, tener relaciones sexuales con niños o adolescentes bajo la edad mínima de consentimiento legal es lícito. Se preparan leyes para legalizar el fenómeno. Las encuestas dividen a la sociedad entre los partidarios y sus detractores. Esta polarización enciende la sociedad, pero si los irracionales, fanáticos, idólatras e intolerantes actúan con suficiente tenacidad, terminan por vencer a los racionales, equilibrados, ecuánimes y tolerantes.

Aplicando estos cinco pasos a cualquier nueva conducta social antes reprobable, se constatará fácilmente que la misma fue artificialmente impuesta poco a poco, "sin prisa, pero sin pausa", como dijo el general Raúl Castro en abril de 2016 de su empeño improbable de reformar el comunismo cubano con recetas capitalistas, una vez muerto su hermano.

Así se puede ir desde un extremo al otro, desde la libertad hacia la esclavitud, desde lo bueno a lo malo, desde la riqueza a la pobreza y…, quizá lo más inquietante, en muchos casos, también en sentido contrario. Los extremos se parecen mucho más de lo que les gusta a los extremistas.

Cuba es un estupendo ejemplo de la aplicación de la metodología de Overton. La sociedad cubana, al triunfo de la Revolución en 1959, detestaba el comunismo como ninguna otra en este hemisferio, con su exceso característico. El 19 de abril de 1959 Fidel Castro no quiso contradecirla: *El pueblo de Cuba sabe que el gobierno revolucionario no es comunista*, dijo a una sociedad que le había dado su confianza para expulsar a Batista, no para imponer el "comunismo". Fidel, en su propia campaña, acusaba las acusaciones de campaña. *Nuestra Revolución es tan cubana como nuestras palmas. (...) Y toda esta campaña de "comunista", campaña falsa, campaña canallesca, que ni nos preocupa, ni nos asusta.* Sin embargo, en ese mismo año, en ese aniversario cero de la Revolución, la prensa de la isla empezó a divulgar una frase desafiante en apariencia, sumisa en el fondo: *Si Fidel es comunista que me pongan en la lista* y luego otra, que la gente, haciendo gala de su ingenuidad, ponía en una placa en la puerta de sus hogares: *Fidel ésta es tu casa.* Una cosa lleva a la otra, sustituye a la otra; la reemplaza en la oscuridad, en el subconsciente, en el limbo. En 1961 ya era tarde. Fidel declaró a Cuba... comunista. Como si no hubiese contradicción alguna, como si no hubiera remedio, como si fuese la salvación. No solo incumplió cualquier promesa anterior, sino que vendió su traición como una acción digna de admiración, orgullo, patriotismo. *La esencia del fanatismo reside en el deseo de obligar a los demás a cambiar*, escribió Amos Oz. Fidel lo sabía. Es de manual. Se tomó al pie de la letra la ofrenda del pueblo y se apoderó no solo de sus casas, sino de su libertad, de sus hijos, de su futuro; pero, para que incluso le aplaudieran, no le llamó dictadura, sino "dictadura del proletariado", un término extraído de un manual marxista.

Su dictadura, al oponerse a la "dictadura de la burguesía" hasta parecía digna y legitimada por unas falsas teorías "científicas". La dictadura del proletariado no fue más que el eterno período de transición, sacrificio inútil y desesperación hacia el prometido, antes renegado, comunismo. Toda la isla cambió excepto él, y la incómoda excepción de los herejes.

Mariel no tenía planes de no cambiar, pero las cosas se fueron complicando. Sin querer, sin pretenderlo, sin pensarlo... la madeja se enredó en alguna parte y nadie podía ya desenredarla. De repente, cayó en una de esas situaciones donde la decisión no es mejor o peor, sino mal o peor, peor o mucho peor. Sus habilidades con la mecánica le pusieron en riesgo. Le contrataron para convertir un viejo Plymouth del 59 es una especie de embarcación marítima anfibia. El Plymouth Fans Club era de apenas cinco personas, todas conocidas, todas del otro lado del Túnel de La Habana, todo en secreto; pero alguno de esos cinco, o quizá cuatro de ellos, era informante del Ministerio del Interior y, aunque él solo era el "mecánico", aunque él no se iba, pagaría igual que si se fuera. En definitiva, debía escoger entre irse o que lo encerraran; debía elegir cambiar.

Días antes del soplo, su padre fue a verlo al taller. *Pueden mandarte pa' Angola*, dijo con acento patriótico; pero su padre es militar y nunca había puesto un pie en el taller. Mariel entendió el mensaje en clave. Con toda seguridad, le mandarían a Angola. Era solo un aviso para que tuviera tiempo de asimilarlo o despedirse si quería. Cuando se cruzara la información quizá, es probable, nadie lo sabía, redujeran sus opciones al encierro. En cualquier caso, jamás sería la misma persona, jamás sería confiable; debía elegir entre ser héroe (posible mártir) o traidor.

Pero la apertura de la embajada de Perú cambió sus posibilidades de un día para otro; es algo que solo se da menos de una vez de cada mil, pero sucedió. Ariel no quería cambiar; por muy contradictorio que pareciera todo, por muchas cosas que hubiera por mejorar, aquel lugar en lo alto de una colina seguía siendo su "patria". Pero la opción de patria cárcel, patria guerra, no era una opción, la opción fue patria fuga. Ariel es el tonto en la colina que ve el sol que se esconde y los ojos en su cabeza ven al mundo dar vueltas. Apenas lo pensó. Se dirigió a esa zona de la Habana desconocida, atravesó el umbral de la embajada donde le pareció leer: *Ariel ésta es tu casa*, y se dirigió a esa zona de personas inciertas donde se sintió a salvo.

Ariel transitó las cinco etapas de Overton impensable-discutible-aceptable-sensato-popular-político en un solo día; pasó de revolucionario a contrarrevolucionario, de decente a indecente, de bueno a malo, de trabajador a vago, de obediente a desobediente, de íntegro a inmoral, de inocente a delincuente, de mariposa a gusano, de Ariel a Mariel.

intemperie

Del lat. *intemperies*.

1. f. Desigualdad del tiempo.

a la intemperie

1. loc. adv. A cielo descubierto, sin techo ni otro reparo alguno.

El acorazado Potemkin

Por fin llegó el día en que apareció su hermano. Dos guardias le trajeron como si fuese un paquete. Al retirarse uno le advirtió a su madre: *Recuerde que es su deber atenderle. Si le pasa algo... usted es la responsable.* Lo dijo como si ella no lo hubiese parido, como si no lo hubiera criado, como si no fuese a atenderlo como es debido por "irse" del país. Él siguió de largo a su habitación, que también era la de Armando; solo que su madre, por alguna razón que nunca dio, dispuso todo para que Armando durmiera en el sofá durante esos días inciertos y su hermano, por primera vez en su vida, tuviera "algo" a medio camino entre la privacidad y el aislamiento. Su bróder no dijo nada: ni el primer día, ni el segundo, ni... Ni siquiera asomó la cabeza por el umbral de su puerta en algún momento del día o de la noche. Permaneció ahí como si siguiera en la Embajada del Perú, a miles de kilómetros de años de luz.

Su madre, sombría y taciturna, se tornó oscura, púrpura, gris submarino. Mientras no limpiaba o cocinaba o miraba al vacío, se mecía en el sillón con los ojos clavados en la puerta esperando que se abriera. Él la había traicionado. De alguna manera imprecisa aquella madre intuía que su hijo no merecía su respeto, que se había revelado en una especie de copia inversa ideológica de su padre con el denominador común del abandono, la traición, el irrespeto; pero ella cumplió religiosamente su deber de atenderle: le alimentó, cargó los cubos de agua que garantizaron su higiene y le resguardó de cualquier agresión externa.

Armando no sabía muy bien cómo acercársele. *Solo pregúntale cómo está,* le aconsejó su amigo. Pero él no encontraba las palabras necesarias para semejante interrogación. Un día casi tropezaron en la puerta del baño. Armando no sabía que él salía de allí y su hermano que Armando necesitaba entrar. Así que se produjo un incómodo choque entre dos trenes de juguetes.

–¿Cómo estás? –escupió Armando y sintió como si hubiera evacuado sus necesidades fuera del inodoro.

–Bien –respondió su hermano, breve y seco. Después lo miró como si estuviese reconociéndolo, como si estuviese leyendo todo el cuestionario que guardaba dentro –. Ven –le ordenó y Armando no fue capaz de decirle que esperara a que terminara de hacer justo a lo que iba. Le acompañó hasta su habitación y se sentó en la que era su cama, perfectamente tendida, frente a su hermano que le miraba casi desde la misma altura –. Supongo que me quieres preguntar por qué me metí en la embajada y ahora me tengo que ir del país.

Armando no contestó, pero en su cara se podía leer con letra redonda: no. No lo cuestionaba, solo quería saber donde su hermano dio el cambio, cuántos kilómetros atrás había dejado a ese hermano que le resultaba tan familiar.

–La verdad es que no... –empezó como pudo–. No quiero saber nada en particular. Solo quiero que tú sepas que... yo sigo siendo tu hermano.

–¿Aunque eso pueda perjudicarte?

–Bueno... –no respondió, sino más bien se dejó llevar por las circunstancias–. Ya sabes que los hermanos no se eligen... como los rusos –siguió intentando humedecer el ambiente.

–Yo hubiera preferido... –empezó con la esperanza de encontrar las palabras necesarias. Sabía que estas palabras eran quizá las únicas que heredaba su hermano pequeño, del que no sabía siquiera si prefería a Abba o a Juan Formell y los Van Van –. Yo hubiera preferido salir, conocer, virar... trabajar, ganar lo suficiente para comprar lo necesario... hubiera preferido vivir de otra manera... sin tanta tristeza, miseria, necesidad... pero no se puede. Por mucho que yo lo prefiera o lo desee, no se puede –No le dijo: *yo no planeaba irme... pero las cosas se torcieron*; no le aclaró que no planeaba irse a Perú, Angola o Estados Unidos, pero lo dejó ahí; en definitiva, esos derechos de salir-regresar eran universales–. Te admiro. Me hubiera gustado tener tu actitud. No sé de dónde sacas el optimismo, ni la fuerza, ni la esperanza. Pero yo no soy igual que tú Mando. Nunca he sido como tú. Por eso me voy. Aquí no tengo lugar.

Armando tuvo ganas de llorar, de saltar sobre él y abrazarlo, de rogarle que no se fuera, que haría todo lo posible por ayudarle. No a ser como él. Él era una mierda; aunque su hermano no lo supiera. Si no a encontrar un lugar donde pudiera colgar su sombrero. Pero no pudo. Sabía que incluso aunque se retractara, aunque estuviera dispuesto a ir a la cárcel, no habría marcha atrás. Tenía que irse, de lo contrario, el propio gobierno lo expulsaría. Tenía que irse y olvidarse de todo, de su madre, de su hermano, de su casa, de sus amigos. Tendría que aprender un idioma extraño, vivir con otras reglas, quizá comprarse un arma para defenderse, hacer otros amigos, buscarse una casa, una pareja... Armando podría irse a Rusia. Había aprendido ruso en la radio y repasados miles de veces aquellas películas interminables. Sabía cómo vivían los rusos, qué anhelaban, cómo cantaban y trabajaban en las fábricas. Sabía mucho más de ellos que de los "suyos". Viendo a su hermano enfrente, quizá por última vez, reconocía con dolor que no sabía nada de él mismo, ni de su amigo Amado, ni de los vecinos, ni de la Revolución. Quizá vivía en un acorazado y su hermano era uno de los rebeldes y él uno de los cómplices.

En *El acorazado Potemkin*, los marineros se hartaron de los malos tratos y de comer alimentos en mal estado. Era injusto. Dejaron de ser obedientes. Lo curioso es que, pese a su maestría, fue prohibida por unos y por otros.

Los nazis, Gran Bretaña, España y Francia, ¡ojo!, por revolucionaria. Stalin porque salía Trotski y en Rusia, en general, cuando el Comintern dejó de apoyar deserciones en los barcos de países capitalistas. Pero eso solo lo podía saber un fanático del cine ruso con ambición de saber y cultura. Solo así Armando sabía que su hermano podía ser perfectamente uno de los marineros del acorazado y no uno de sus verdugos. Siempre pasa lo mismo. Siempre quedan las dudas. Siempre quedarán lagunas de nubes y nubes inundadas. Ni el cielo, ni la tierra, son inconfundibles. A veces uno está encima y el otro debajo, aunque no se perciba con claridad.

–Solo quería que supieras eso –apuntó–. No seré yo quien te juzgue. Tú eres mi hermano mayor y eso... –y no pudo terminar porque iba a empezar a llorar y los hombres no lloran y su hermano se había levantado y se había acercado a él, sin que él se hubiera percatado, y lo abrazaba por primera vez en su vida y Armando lo agarró con fuerza, con una fuerza desconocida capaz de retenerle, aunque viniera la mismísima policía a separarlos. Se abrazaron y unos segundos después su hermano se separó con brusquedad y le ordenó.

–Anda, vete a cagar antes que sea demasiado tarde.

En la embajada se refugiaron más de 10 800 cubanos. Había más personas que plantas en los jardines y que tejas en el techo.10 800 desafectos, parásitos, inmorales, de la noche a la mañana. Se acostaron siendo "revolucionarios", vanguardias del trabajo o gente "fieles" y se levantaron "contrarrevolucionarios", vagos o gente "infieles". ¿Cuántos infieles no habrán mutado aún? ¿Cuántas mariposas no se han convertido aún en gusanos? Fidel Castro estaba contrariado, muy contrariado, encolerizado. Eso daba muy mala imagen. ¿De verdad los trataban tan mal? ¿De verdad los alimentos estaban en tan mal estado? Fidel exigió la entrega inmediata de los asaltantes y amenazó a los diplomáticos con retirar la custodia si sus exigencias no eran satisfechas. Dicho y hecho.

Dicho y 10 856 cubanos, para ser exactos, entraron por la puerta sin pedir cita, ni permiso. Se le fue de las manos. Muy mala imagen. Pésima. Fidel se sulfuró, se emberrenchinó, se irritó, se enfureció, se... y decidió abrir el puerto del Mariel para desaguar a toda aquella improvisada cloaca en medio de la quinta avenida. Fue tan monumental su cólera que autorizó a los exiliados en Miami a recoger a sus familiares, a cambio de que se llevaran con ellos tantos infieles, indeseables e ingratos, como cupieran en las embarcaciones. No solo se podían llevar a quien quisieran, sino también a presos, personas con antecedentes penales y enfermos mentales, aunque no quisieran. Prisiones, hospitales psiquiátricos y gobierno también tuvieron su oportunidad de evacuar, de "cagar antes de que fuese demasiado tarde" por el inodoro del Mariel.

Su hermano partiría un par de semanas después en alguno de esos barcos, con algún compañero de la embajada, algún preso, algún homosexual, algún loco, algún desafecto. ¿Quién podría saberlo? Allí no les esperaría nadie, salvo las autoridades de inmigración. Se tendría a él solo. Debería poner el contador a cero y elegir muy bien con quien jugar sus cartas en un mundo desconocido, con fama de hostil y peligroso. Él no parecía tener miedo; aunque su mayor preocupación era no transmitirlo. Claro que tenía miedo. Aquello sería lo más parecido a una teletransportación desde un mundo "incómodo" conocido a otro "cómodo" del todo desconocido. Tenía mucho miedo, más incluso que el miedo que tenía su madre a perderlo.

Sabía que cada día que pasaba lo perdía un poco más. Sabía que lo había empezado a perder hace mucho tiempo; tanto, que no era capaz de recordarlo o ubicarlo con exactitud. Su vida era una pérdida continua. Sabía que nada podía hacer para cambiarlo y aún así, no sabía cómo decirle adiós con dignidad; sin perder lo poco de dignidad que le quedaba, el soplo de dignidad por el que no se había quitado la vida, porque ella también se había perdido a sí misma, desde tiempos inmemoriales.

En realidad, solo había una cosa que hacía levantarse todos los días a ese ser oscuro: la pereza; la rutina de ni siquiera saber hacerlo de otra manera; la imposibilidad de imaginar. Solo eso. No era ninguno de sus hijos. Ni esa palabra favorita de Fidel: futuro. Para ella solo había pasado... borroso, sepia, sin azogue, dañado.

El día que vinieron a buscarlo, su madre y su hermano, esperaban de pie, en el salón, para verlo, con casi completa seguridad, por última vez. Afuera toda la turba de la loma del Naval gritaba con euforia; no como si no le conocieran, sino más bien como si les hubiera engañado. El agravio se llamó mitin o acto de repudio. Parecería que el tiempo para aplastar a todas las cucarachas juntas que Fidel vaticinó en abril de 1954 hubiese llegado; que esa era la hora de la verdad, aunque se tratase de una inofensiva e insignificante cucaracha de las 125 mil que salieron por el puerto de Mariel, una de las 2746 que USA no devolvió por su criminalidad. No solo había cucarachas de bajo nivel de escolaridad y nivel medio; también había cucarachas médicos, ingenieros, agricultores, abogados; incluso cucarachas que habían entregado su carnet del Partido Comunista de Cuba, de Cederista y de Federada; cucarachas ancianos, no tan ancianos, adolescentes e incluso niños. Desde dentro podrían reconocer, si quisieran, con solo prestar un poco de atención, quién gritaba. Habían convocado a todos los entusiastas de la loma, del pequeño y tranquilo pueblo de Casa Blanca, del municipio Habana del Este, de todas partes. Había muchas caras y voces conocidas que luego deberían olvidar, cuanto antes mejor.

Él salió, se detuvo frente a su madre sin mirarle la cara, murmuró algo parecido a: "cuídalo", y siguió de largo hacia donde el sol rajaba las piedras. No podía ver con tanta claridad, solo oír el barullo del insulto colectivo en el que era muy difícil reconocer cualquier maldición particular. Le alcanzaron con un huevo en la cabeza y algún que otro manotazo o escupitajo, pero eso fue todo. Otros tuvieron peor suerte.

Armando y su madre no salieron a acompañar al malnacido, a la no-persona. Si se trataba de un gen "revolucionario", lo más probable es que ellos tampoco lo tuvieran; teniendo en cuenta la posición política del padre que nunca ejerció de padre. Cerraron la desvencijada puerta de madera tras su sombra y se derrumbaron. Lloraron hasta quedar secos uno al lado de la otra, una junto al otro. Lloraron hasta que dejaron de oír, hasta el silencio. Habría que ver el coste de la ignominia. No harían un recuento de los daños. Hay daños que no se pueden pesar, que no obedecen las leyes de la física. Solo tendrían que esperar con humildad y obediencia el devenir de los acontecimientos.

Dice la historia no oficial que, cuando Fidel solicitó en persona al diplomático y abogado peruano Pinto-Bazuco el allanamiento de la Embajada por el ejército y este no cedió, en defensa de la ley de los derechos humanos, su indignación fue mayúscula, supina, magnífica. La "invasión" masiva a la embajada era culpa suya; fue él quien rescindió la guardia que custodiaba el recinto diplomático. Pero él no estaba acostumbrado a reproches. Su respuesta fue: *Yo soy el que decide en este país las personas que vivirán o morirán*. Puedo imaginar la cara del peruano.

También dice, la historia no oficial, que días después de este incidente, Fidel le preguntó a su fiel comandante Víctor Bordón Machado, el primer guerrillero alzado en el llano en el país contra la tiranía de Fulgencio Batista y presidente de los Tribunales Revolucionarios que juzgaron a los "asesinos" de la "tiranía", al triunfo de la Revolución, la pregunta del millón, del siglo, la gran pregunta: ¿Cuántas personas están con la Revolución? Bordón le dijo que había oído que la mitad del país. No fue muy acertado, pero sí más o menos sincero. Lo cierto es que Fidel nunca lo supo, ni creo que nadie lo supiera, ni de lejos. Muchos insectos tienen la asombrosa capacidad de transformarse, mimetizarse, o ocultarse. Pueden ser tan verdes como la palma real o tan marrones como la tierra; todo depende de las circunstancias, todo es cuestión de supervivencia.

Su hijo salió por la puerta y cerró otro capítulo inconcluso de la historia familiar. Su madre, sombría y taciturna, se calló para siempre. Un abismo negro como el chapapote, sin brillo, ni consistencia, se la tragó y la llevó en volandas al siguiente nivel de tullimiento. Un médico le diagnosticó catatonía estuporosa o lentificada: un estado de estupor con ausencia de funciones de relación con el entorno; parálisis permanente con síntomas de catalepsia, flexibilidad cérea, mutismo y negativismo. Armando se preguntó a sí mismo, si no se trataba de una enfermedad generalizada en época de crisis revolucionaria, pero el especialista le aseguró que, dadas sus circunstancias, era preferible ingresarla en uno de esos hospitales psiquiátricos de donde, quizá, exportaban catatónicos hacia Miami desde Mariel o, con muchísima suerte, en la unidad de psiquiatría del Naval, justo enfrente de su casa. Para verla solo tendría que cruzar la calle y dar un extenso rodeo. El mundo, como en su día hizo con su madre, estaba a punto de superarle.

Palabras prestadas

Tu pintura, María, presidió la exposición, adornó la tarjeta de presentación de la colectiva y capturó toda la atención de los visitantes. Tu ausencia de rostro actuó como una especie de agujero negro. El resto de las salas apenas registró visitas. Solo el día de la inauguración tuve cinco ofertas irrechazables; de esas que te colocan en el *flow*, en el *top*, en el *focus*. La mayoría de los artistas creemos que trabajamos para eso; para un día recibir más de quince minutos de gloria y mucho dinero. Sin embargo, una vez tienes todo ese dinero fuera del alcance de más del ochenta porciento de la población mundial, una vez satisfechas todas tus necesidades, entiendes que sobrevivir, supervivir, revivir y un largo etcétera de palabras que terminan en vivir, no tienen relación con el despilfarro, la abundancia, el lujo; sino simplemente con el simple hecho de no morir. Rechacé todas sin dudarlo. Pensé que presenciaría mi propio entierro, pero no fue así. Todos pensaron que había una mano oculta del mercado, alguien más importante que todos ellos juntos, un súper dentro de los súper (sí... todos los estratos sociales se dividen, a su vez, en nuevos subestratos; no todos los ricos son igual de ricos de la misma manera que no todos los pobres son igual de pobres), entre todos crearon la bola y la echaron a rodar.

A ti te lo hubiera regalado. Lo hice por ti y para ti. Solo debías pedirlo o esperar al día de tu cumpleaños, pero no lo hiciste; ninguna de las dos cosas. No lo hubiera vendido. Entre un extremo y el otro no hay nada porque vender, al precio que sea, deja de ser regalar. Los regalos no tienen precio, no se venden. Ese enorme lienzo valía lo mismo que una simple frase de amor. Los pensamientos son volátiles, no perecederos. Un simple gesto, un roce, un suspiro no siempre se desvanece. A veces queda flotando, incluso después que nos hayamos muerto.

A la exposición vinieron desde Madrid, Mariel y Leisam. Fue por Leisam que te conocí, ¿recuerdas? Tú, María, eras amiga de ambos; quién sabe desde cuándo. Ellos eran los únicos, sin contarme a mí, que podían mirar tu retrato con otros ojos y entender que lejos de consumirte, te expandías, que lejos de fugarte, te instalabas. El mundo es pequeño. Está diseñado para que nos juntemos. Lo insólito es que, aunque no haya sido especificado, las mezclas suelen ser homogéneas. Lo mágico es que, en esa amalgama, puedes hallar tu alma gemela, tu par. De alguna manera, hay algo en mí, en Mariel y Leisam, que vibra al enfrentarse a ese lienzo.

Después de un largo día, fuimos a cenar muy cerca del hotel donde se hospedaron. Hablamos, como no podía ser de otra manera, de ti. Yo no se hasta qué punto ellos saben de nuestro secreto. Les conocía, pero lo que realmente ahora me une a ellos no soy yo, sino tú, María. ¿Es raro?, ¿no? Siento, de alguna manera, que a partir de que tú aparecieras en mi vida, mi unión con esa pareja se contaminó de ti hasta el punto de ser tú y no yo lo que nos une con firmeza. Solo ellos tomaron un avión hasta Berlín para verme, ¿para verte?, ¿para vernos? La cena es simple, decorada por un halo de intimidad más fuerte que sus aromas. Hablamos de ti esquivando mencionar tu nombre. No es necesario. Le pregunté a Mariel qué tal iba con su proyecto acerca del fanatismo.

–¿Te has convertido ya en un fanático? –reímos.

–Si, el fanatismo es extremadamente contagioso –dijo–; combatiéndolo, te puedes convertir en un fanático antifanático.

–¡Qué va! –sonrió Leisam mientras apartaba unos cabellos de su frente–. Tú tienes el antídoto para el fanatismo... la imaginación.

–Un antídoto liviano –matizó Mariel; después se hizo un silencio, una pausa–. No lo he abandonado del todo, pero estoy intentando cumplir una promesa que no puedo cumplir. María me pidió que le ayudara a escribir sus memorias y no puedo. No tengo las memorias de María, solo tengo las mías –el silencio se espesó como una gelatina.

–Tú la conoces bien –le dije–, ella nunca se cansó de repetirlo.

–Nunca conocerás a alguien lo suficiente para escribir "sus" memorias. Una cosa es una biografía y otra, bien distinta, una memoria. Nunca he escrito ninguna de las dos y no creo que lo haga; de alguna manera mi memoria está desperdigada por cada página de mis novelas, entre mis personajes, en los ensayos. En mi caso no quiero hacerlo, en el caso de María, no puedo hacerlo.

–¿Para qué una memoria?

–Para esquivar el olvido. Cuando estás a punto de desaparecer, supongo que tienes miedo, terror, a desaparecer del todo. Solo queda lo que hiciste, lo narrado, tu fabuloso cuadro.

Mariel lo dijo así... de paso pero, pensándolo bien, sin pretenderlo, lo que había pintado para ti no era para ti, sino para todos. En esa simple conversación se resolvió mi dilema.

–Voy a donar el cuadro –dije–. Voy a donarlo al primer gran museo que lo quiera.

–Es una excelente idea –me dijo Leisam–. Dice mucho de ti... y de María.

Quizá Mariel nunca escribiera *Palabras prestadas*. Quizá todos los secretos de María deberían seguir desperdigados en cada uno de los que lo poseían. Los detalles importan menos que aquello que se forma cuando se juntan todos. Quizá desperdigue tus memorias junto con las suyas en el resto de las novelas y ensayos que le queden por escribir. El recuerdo tiene muchos soportes que aportan diferente color, sabor, olor, sonido. Cuando está bien repartido te inunda de satisfacción y, de alguna manera, esa sensación nunca se va del todo. Solo es preciso invocarla.

Traidor —creo— es quien cambia a ojos de aquellos que no pueden cambiar y no cambiarán, aquellos que odian cambiar y no pueden concebir el cambio, a pesar de que siempre quieran cambiarle a uno. En otras palabras, traidor, a ojos del fanático, es cualquiera que cambia. Y es dura la elección entre convertirse en un fanático o convertirse en un traidor. No convertirse en fanático significa ser, hasta cierto punto y de alguna forma, un traidor a ojos del fanático.

Amos Oz

En la embajada del Perú había de todo. Todos los presentes sufrieron la transformación de Overton. El pueblo de Cuba supo, con la misma celeridad, que todas aquellas personas que una vez fueron revolucionarias, decentes, buenas, trabajadoras, obedientes, íntegras, inocentes, mariposas, al entrar en aquella casa, donde no había cartel *Fidel ésta es tu casa*, ahora eran contrarrevolucionarias, indecentes, malas, vagas, desobedientes, inmorales, delincuentes, gusanas. De la lista de amigos, pasaron a la lista de enemigos. El pueblo les gritó, ofendió, agredió, abusó, apabulló, etc., sin miramientos, sin cuestionamientos, sin crítica; pero la lista era larga, demasiado larga y eso Fidel lo sabía. Aquella acción no era una victoria, sino una derrota. *Aquí está lo mejor de cada casa*, le dijo un desconocido con cara de saberlo todo. Ariel no opinó. Tenía miedo.

Los miedos no son iguales. Hay algunos miedos más terribles que otros. Las decisiones consisten en elegir con cuál miedo enfrentarse. El éxito consiste en elegir el más dañino. Allí tuvo miedo, mucho. Tuvo miedo desde que llegó, desde que se sintió fuera de su mundo conocido, desde que salió de esa zona que nunca fue de "confort". Tuvo miedo de aquellas personas que podían ser igual que él, incluso mejor que él, aunque también peor. Tuvo miedo quizá porque desde que pisó la escuela le enseñaron qué era lo bueno y lo malo y aquello era de lo malo, no de lo bueno; aunque él fuera bueno, aunque muchas de aquellas personas, asustadas por igual, fueron iguales que él. Tuvo el mismo miedo de alguien que se tira de un avión en vuelo sin paracaídas; alguien que pretende volar, pero no sabe cómo. Tuvo tanto miedo que se desmayó.

Mariel ocultó a su hermano la verdad, la disfrazó con otra verdad igual de poderosa. Le dijo que habría preferido vivir como una persona digna que pudiera viajar, conocer, regresar... trabajar, ganar lo suficiente para comprar lo necesario... era en definitiva, una razón más que aceptable. Pero no se puede. No dijo no se podía, sino: no se puede. Una negación indeterminada, absoluta, trascendental. Su hermano Armando le creyó porque de alguna manera también lo sabía. No se puede tapar el sol con un dedo. Pero lo cierto es que Ariel no se habría ido, ni siquiera por eso; su razón primaria era más peligrosa, era como una mina que puede explotar cuando menos lo esperas; el verdadero motivo de su acción casi irracional podía perjudicarle con mucha mayor virulencia. Ariel sintió que una cosa era salpicarle con gotas de ácido y otra, verterlo directamente en su cara. Armando tampoco tenía lugar en ese mundo que Ariel dejaría, pero aún no lo sabía, aún no era lo suficientemente consciente, aún le esperaban experiencias más dramáticas, de esas capaces de cambiar una punta de la cuerda por la otra, sin que apenas se note, en un instante.

Derzu Uzala

Amado y Migdalia, una vez superado el primer paso, siguieron disfrutando de su breve amor eterno. A ellos les parecía especial, único, magnífico. A Armando y Leda, y también al resto que les tocara sufrirlos, les resultaba patético. Solo había que ver lo tontos que estaban para descifrar que habían tenido más que caricias.

El curso había terminado y Leda había ido a competir a unos Juegos Nacionales en otra provincia. El calor parecía castigo para los infieles, para los descreídos, para los impuros. Se repartía de forma desigual entre todo aquel pueblecito desparramado en la ladera de una gran loma que mira hacia la modernidad, que vigila desde esa gigantesca escultura sacra y anuncia el tiempo como puede desde el instituto de meteorología.

Armando se quedó solo. Su madre fue hospitalizada en el mismo Naval, gracias a una supuesta intervención de su padre. Fue extraño. El alta estaba lista en Mazorra. Su padre le llamó por teléfono en la noche. Tuvo dificultades para reconocerle, pero aún no había olvidado su nombre. Solo preguntó si no era capaz de moverse. Armando le respondió que si, que efectivamente se había quedado tiesa, como un aparato eléctrico cuando le cortan la corriente en medio de un movimiento.

En un estado nada estable, ni acostada, ni sentada, ni de pie; sino un poco de cada. La "conversación" fue breve, pero al día siguiente, cuando vino la ambulancia a trasladarla, le informaron el cambio de planes. –Va pa' enfrente –le dijo un auxiliar, aunque haya que dar tremenda vuelta. No hace falta que vengas –continuó después de una corta pausa para secarse el sudor–. Puedes ir a ver al doctor Ceballos y que te informe de su horario de visitas y todo eso.

Él insistió en acompañarla; pero, en realidad, "No hace falta" significaba "No puedes venir". Así que dijo adiós a la ambulancia sin levantar la mano y siguió tras el humo de su tubo de escape en busca del doctor Ceballos. El camino es largo; consiste en bajar, bajar y bajar una larga pendiente y luego subir, subir y subir la misma pendiente del otro lado de una cerca pirle. Durante el camino recordó que su padre también había dicho algo similar a: "cuando empieces en la universidad en septiembre, no lo estropees". Le dio un par de vueltas sin sentido, sin rosca, sin motivo y se repitió que estaba solo, más solo que solo y que, a partir de ahora, ya nada sería como antes. El futuro se le desdibujaba cada vez más incierto. Se refugiaría en la universidad. Había obtenido las mejores notas. Había podido elegir la carrera que había querido, la que había cerrado con la nota de corte más alta. Pensándolo mejor, no tendría distracciones para dedicarse a los estudios en cuerpo y alma porque, a diferencia de Amado, su "vida de pareja" con Leda, jamás le quitó el sueño, ni despertó sus sueños. Era lo más parecido a comer o leer o nadar en el mar; nadie le obligaba, le reconfortaba y poco más. Él no sentía que había encontrado el amor; pero tampoco lo buscaba, ni sabía muy bien qué podía ser. Solo suponía que cuando llegara se daría cuenta, porque, también suponía, "amor" es solo una palabra que se revela cuando se siente, un sentimiento que solo sirve para denominar, generalizar o uniformizar; algo inútil por naturaleza.

El amor solo puede ser como el patio de tu casa: particular, o como Santa Bárbara, que solo se recuerda cuando truena. Armando no sabía qué significaba, cómo medirlo o cómo alcanzarlo, pero sabía muy bien, cómo evitarlo.

No fue fácil dar con el doctor Ceballos. Le explicó breve y conciso, para no hacerle perder el tiempo y tampoco malgastar el suyo que la enfermedad de su madre es un síndrome neuropsiquiátrico que puede aparecer en el contexto de diferentes trastornos, sobre todo, trastornos bipolares y del estado de ánimo (episodios maníacos) y en algunos pacientes con esquizofrenia. Lo cierto es que, según se lo estaba definiendo, parecía que su madre siempre había sufrido de catatonia y que esta era solo una etapa aguda producida por las circunstancias. El médico le explicó que las causas son relativamente desconocidas, que el origen puede ser un trastorno en los lóbulos frontales del cerebro, encefalitis, tumores cerebrales, epilepsia, traumatismo craneal o un accidente cerebrovascular (ACV). Armando no conocía el expediente clínico de su madre; ni siquiera sabía si lo tenía. Así que daba lo mismo que fuera la pérdida de un hijo en vida, el mitin de repudio o una secuela de cualquiera padecimiento anterior.

–¿Tiene cura? –preguntó con la timidez del que solo espera buenas noticias.

–Es un síndrome independiente que tiene tres subtipos: no-maligna, delirante y maligna. Parece estar entre no-maligna y delirante, pero tenemos que estudiarlo. Vamos a empezar con medicación psicotrópica y.., en caso de que no haya mejoría, aplicaremos terapia electroconvulsiva. La remisión está entre el 70-80% de los casos.

Más o menos eso fue todo el diálogo. Le dijo que podía verla en los horarios de visita y que, en la decisión de ingresarla allí, se había sopesado la cercanía y disponibilidad. Armando volvió a bajar y subir la loma a la inversa y se sentó en el sillón del pequeño portal.

A punto de caer la noche, distinguió a Amado que venía en dirección a su casa. Iba a preguntarle por su madre, pero pudo leer en su cara que no era el mejor momento. Ya se lo contaría él cuando fuera más adecuado. Había pan y huevo, aguacates y mango. Era todo lo que podía ofrecerle a su amigo. Él no tenía hambre, pero comería; por inercia, por necesidad, por continuidad.

Encendió la radio donde su madre se chupaba los discursos del comandante como si fueran fideos de quimbombó. Después de dar varios viajes de ida y vuelta con el dial, y vencer una fuerte reticencia inicial, sintonizó Radio Ciudad de La Habana. Cantaba *The Beatles. Let It Be*. Se sentaron uno al lado del otro, pan con tortilla de cebolla en mano y plato en el regazo con ensalada de aguacate y pepino y así escucharon mirando las luces del hospital, quizá la de la habitación de su madre. Escucharon hasta que la noche se tragó la loma y las luces del hospital fueron apagándose poco a poco, hasta que solo quedaron unas pocas, como pequeños cocuyos y Armando se sintió como Dersu Uzala, el cazador solitario. Él debía afrontar las inclemencias del tiempo y del lugar. Uzala, como él, no aspiraba a convencer, ni a querer, que los demás fueran como él. Armando sabía lo que era ser diferente, ahora, como Uzala, debería aprender a afrontarlo solo. Debía sortear a todos los que aspirarían y querrían que él fuese como el resto y no le dejarían ser. Debía persistir como esos pequeños cocuyos que mira, a la mar.

Amos Oz escribió en su libro *Contra el fanatismo*:

> [...] *ningún hombre ni ninguna mujer es una isla, [...] cada uno de nosotros es una península, con una mitad unida a tierra firme y la otra mirando al océano. Una mitad conectada a la familia, a los amigos, a la cultura, a la tradición, al país, a la nación, al sexo y al lenguaje y a muchos otros vínculos. Y la otra mitad deseando que la dejen sola contemplando el océano. Pienso que nos deberían dejar ser penínsulas. Todo sistema político y social que nos convierte a todos y cada uno de nosotros en una isla*

darwiniana y al resto de la humanidad en enemigo o rival, es una monstruosidad. Pero al mismo tiempo, todo sistema ideológico, político y social que quiere convertirnos sólo en moléculas del continente también lo es. La condición de península constituye la propia condición humana. Es lo que somos y lo que merecemos seguir siendo.

Desde una Isla, el mundo parece más pequeño; parece que la Isla es el mundo. Desde un Continente, el mundo parece más grande; parece que la Isla es solo una ilusión de tierra que emergió mojándose por todas partes. Todo parece una cuestión de perspectiva, cuando en realidad, solo está algún océano en medio. Solo es preciso, como escribe Amos, contemplarlo.

En las dimensiones de las cosas, Armando nunca se sentía dentro o fuera, abajo o arriba, de un lado o del otro. Para él, las formas no eran geométricas, sino orgánicas, sin un perímetro, área o volumen concreto. En su mundo fractal de dimensiones fraccionarias todo estaba cerca y relacionado, se hacía la paz y no el amor, la moral no era inferior, ni superior, todo podía cambiar y, de hecho, debía cambiar. Armando era un infiel, un traidor, porque él era capaz de cambiar a los ojos de quienes no podían cambiar, de aquellos mismos que deseaban que él fuera igual que ellos; porque no consiguen cambiar, porque odian el cambio y la diferencia. Armando veía, desde su península, su traición por no convertirse en un fanático, y el fanatismo que no podía cambiar, no podía traicionar. Veía esos fanáticos para los que la Revolución era más importante que la vida y se veía a él, para el que la vida es más importante que la Revolución y que muchas otras cosas en un territorio que no es Isla, ni Continente, sino Península. Él se veía en una parte de la palabra "pueblo" que faltaba cuando la mencionaban los fanáticos de la Revolución; se veía en una oposición de entender el mundo de una manera diferente que el fanático entendía como difamación. Para los fanáticos el mundo está al revés y deben retorcerlo para colocarlo en su lugar correcto.

Para el fanático la libertad es libertinaje. No actúan por su bien, sino por el tuyo. El fanático no argumenta, agrede; no piensa, actúa; no construye, destruye; no acepta, convierte. El fanático no tiene sentido del humor; jamás se reirá de sí mismo. El fanático es un fundamentalista aficionado; siempre adora su bien y odia el mal del resto; reduce el mundo en dos bandas hostiles: la de sus creencias y la que está en contra de sus creencias. El fanático vive en un mundo en blanco y negro; en un mundo gris que, de tanta luz, padece de oscuridad.

Amado vivía más bien dentro, más bien arriba, más bien a un lado. Su amigo de toda la vida era un rarito, pero era su amigo. La familia no se elige, pero los amigos sí. En la estrecha península habitable de sus vidas habían aprendido a no dar nada por hecho, a no dar nada por malo, a no dar nada por feo; a no suponer, ni presuponer; a no desconfiar, ni sospechar. Por eso podían estar allí, protegidos por la espesura de la noche, uno mirando al océano, otro mirando a la tierra, a la misma luz de los cocuyos.

Tú provocabas

Una vez me dijiste, María, que sentías que la gente se comportaba con indulgencia contigo; en realidad, usaste el término sobreindulgencia. Yo te dije que nadie estaba preparado para saber cómo comportarse contigo. No había un manual acerca de esto. *¿Cómo comportarse con alguien a quien le quedan unos pocos meses de vida?* ¿Preferirías la insensibilidad? Tú dijiste *Me da igual, pero tú no te comportas así.* Yo en realidad, me comportaba con normalidad, sea lo que fuera que eso significara en esas circunstancias. Intentaba prestarte la misma atención, pero quizá no lo hice. Sabía que cada minuto contaba y no quería malgastarlo. Tú provocabas, era tu estado natural, y yo te devolvía la provocación con un reclamo de menor intensidad, de bajo nivel. Quizá los indulgentes callaran. Quizá cuando tú fuiste insensible te detuve. Una vez te pregunté: *¿Qué tal estás?* Tu respuesta fue: *¿Cómo quieres que esté? Me estoy muriendo.* Yo no opté por el silencio. Te respondí con una mezcla de furia y dolor templada: *Podrías decirme que hoy estás mejor o peor que ayer. No te pregunto en genérico... eso ya puedo imaginarlo. Te pregunto en particular... hoy, ahora.* Tu respuesta fue: *Disculpa. Hoy estoy peor que cualquier otro día de mi vida.* Después fue muy difícil hablar. El dolor es como un algodón con yodo en la garganta.

Tú lo apartaste: *Estoy muy cansada. Hablamos en otro momento*, y colgaste después de un beso que sonó casi igual que el chasquido que se escucha en el auricular cuando se cae una llamada.

Es difícil conservar la templanza; controlar la razón o la emoción. En definitiva, somos lo que hacemos; cada acción es una manifestación, una develación de un secreto. Es difícil María, mucho. Quizá, aquellos que nunca echaste de menos en una reunión, fueron indulgentes o insensibles. Pero los que te echaremos de menos hasta que no sea tan fácil no tuvimos elección, aunque no lo hubiésemos leído en ningún libro, ni nos fuera revelado. En cualquier caso, daba igual, podías mandar a la mierda a quien quisieras; aunque solo fuera de manera metafórica. Tu último mensaje de más de diez palabras juntas decía: *Eres una persona extraordinaria. Quiero que lo sepas, y también que recuerdes, siempre, que te adoro.* Yo no te olvidaré, María. Yo no te puedo olvidar. El poeta Mahfúd Massís supo mejor que nadie describir lo que yo intenté dibujar.

Es más fácil morir en el olvido.
Salvarse de la muerte por olvido.
Es más fácil que te olvide para siempre.
Antes que yo te olvide.
Antes que yo te olvide.

Hoy vino un comisario a ver mi obra para una colectiva en Berlín. Elogió toda la serie de retratos; esa que tanto te gustaba. Según él yo tengo una manera especial de pintar el alma, pero después de verte, ya no quiso mirar más. Tú, mi maja-origen, no le permitió ver más. No preguntó, como la mayoría profana, si estaba por terminar.

–Se está consumiendo –dijo alejándose todo lo que pudo.

–O formándose –le provoqué; ya sabes... todo depende del punto de vista con que mires.

–No –confirmó con rotundidad–. Puedo sentirlo. Esa chica se está consumiendo... y es desgarrador.

No regresamos al origen porque el pasado sea mejor, sino porque no podemos cambiarlo.

Oscar Wilde

El diferente no puede olvidar que es diferente; se lo recordarán incluso cuando no lo olvide, cuando crea que es igual. Uno de los cerdos de *Rebelión en la granja*, de George Orwell, sentenció: *Llegó el momento de la rebelión... pero cuando hayáis aplastado al usurpador no olvidéis jamás que ¡Todos los animales son iguales!* Pero, una vez en el poder, precisaron: *Todos los animales son iguales, pero algunos animales son más iguales que otros.* Los cerdos revolucionarios sabían contaminar el lenguaje, sabían de Socing. Fidel Castro dijo en supuesta defensa de sus principios: *El pueblo de Cuba sabe que el gobierno revolucionario no es comunista.* Dos años más tarde precisó: *Eso es lo que no pueden perdonarnos, que estemos ahí en sus narices ¡y que hayamos hecho una Revolución socialista en las propias narices de Estados Unidos!* Deslizó la palabra "socialista" en medio de la euforia soberana y los mismos que gritaron: *Si Fidel es comunista que me pongan en la lista* y clavaron en la puerta de sus casas la placa: *Fidel ésta es tu casa,* aplaudieron y exclamaron pletóricos: *¡Pa'lante y pa'lante, y al que no le guste que tome purgante!* Fidel aprovechó el clímax, el bombeo patriótico del odio y exclamó entre aplausos: *¡Y que esa Revolución socialista la defendemos con esos fusiles!; ¡y que esa Revolución socialista la defendemos con el valor*

91

con que ayer nuestros artilleros antiaéreos acribillaron a balazos a los aviones agresores! Y la gente seguía en éxtasis aplaudiendo y gritando: ¡*Venceremos!*; ¡*Fidel, Jruschov, estamos con los dos!*, y, como los cerdos de *Rebelión en la granja*, el pueblo no lo había olvidado: *algunos animales son más iguales que otros*. Una cosa llevó a la otra, sustituyó a la otra, la reemplazó y después no hubo purgante, ni oposición, sino exilio. Después la calle fue solo, exclusiva, privativa, para los revolucionarios. *Dentro de la revolución todo, contra la revolución nada. En una fortaleza sitiada, toda disidencia es traición. Fue estudiando el capitalismo que me volví comunista. Ellos [EE UU] internacionalizaron el bloqueo, nosotros internacionalizamos la guerrilla.* Los más iguales fueron cada vez menos iguales que otros (que eran menos) y los menos iguales (que eran más) consintieron, cada vez más, el poder de los dominados a los dominadores. Los menos declararon la isla una fortaleza sitiada por "el imperio" de por vida y toda disidencia se convirtió en traición y fue penada hasta con la muerte. En definitiva: *Patria o muerte, Socialismo o muerte*, "sin prisa, pero sin pausa", por esa "transitividad ilusoria" que alimenta la nebulosa fascista, se convirtió en *Revolución o muerte* y por una "coherencia dialéctica ilusoria" en "Contrarrevolución y muerte".

La diferencia se hizo cada vez más diferente, se polarizó y los grises por los que los animales de la granja arriesgaron sus vidas fueron declarados negro por los cerdos y ellos se autoproclamaron blanco y los de negro amaron la esclavitud y fueron felices gritando consignas y preparándose para morir por la libertad, luchando contra el imperio y vivir en la abundancia en el futuro y los de blanco amaron el poder y fueron felices persiguiendo a los traidores y amigos del imperio. Orwell, en las últimas líneas de *Rebelión en la granja*, escribió: *No existía duda de lo que sucediera a las caras de los cerdos. Los animales de afuera miraron del cerdo al hombre, y del hombre al cerdo, y nuevamente del cerdo al hombre; pero ya era imposible discernir quién era quién.*

La granja quedó desolada, improductiva, incapaz de dar de comer a los animales, sin pintura, sin techo, sin puertas. El coste de la revolución fue alto, altísimo, para llegar al punto de partida.

Ariel sabe que es diferente por una simple razón, porque piensa; y no, no por eso existe; más bien por eso estuvo a punto de extinguirse. Para Francis Bacon: *Quien no quiere pensar es un fanático; quien no puede pensar es un idiota, quien no osa pensar es un cobarde.* Muchas veces se preguntó quién era, qué era: fanático, idiota o cobarde. Pero él sabía la respuesta: quería pensar, podía pensar, solo debía atreverse. Disentir exige valentía, cuesta caro, carísimo.

Cuando le contrataron para convertir un viejo Plymouth del 59 es una especie de embarcación marítima anfibia lo experimentó. Los miedos no son iguales, ya lo sabía. Cuando dijo sí, se dio cuenta que tener miedo y ser cobarde no es lo mismo; que lo primero es natural, es una cuestión de aptitud; que lo segundo es impuesto, es una cuestión de actitud. Pensar no es solo pensar, sino actuar. Da igual lo que opines, da igual lo que reces, da igual lo que desees; las cosas no cambian solas. Ariel osaba pensar, desde que nació; con ese sí, dio el primer paso, se atrevió. No era fanático, ni idiota, ni cobarde. Un paso llevó a otro y a otro hasta el mismísimo jardín de la embajada de Perú. Sintió miedo, pero ya estaba a salvo. Lo superaría.

Sintió miedo ver a tanta gente gritándole chusma, mierda, porquería, escoria. Sintió miedo ante tanta agresividad. Entonces se preguntó si toda aquella masa era fanática, idiota o cobarde y sintió, por primera vez, el miedo a la diferencia de toda aquella mole representante de la "voluntad popular", por pequeña que fuera.

entremedias

De *entre-* y *medio.*

1. adv. Entre dos lugares o cosas.
2. adv. Entre dos momentos o tiempos.

de, o por, entremedias de

1. locs. prepos. entre (‖ con idea de situación en medio de dos o más cosas).

Solaris

Armando incorporó a su vida la rutina de bajar y subir la cuesta para llegar a su madre y bajar y subirla de nuevo para regresar a la casa. Era lo más parecido a una peregrinación hacia un árbol al que podía rodear saltando en un solo pie o contemplar sin que moviese una sola rama o satisficiere el más simple de los deseos. En definitiva, el verbo satisfacer es uno de los complejos de conjugar y él mismo no podía sentirse satisfecho con nada. Después de unos días encontró a su madre en una posición diferente y no menos disparatada a la que mantenía desde el ingreso. Fue como si le hubieran enchufado a la corriente, el nivel de carga se hubiera puesto al máximo, y toda la máquina de su cuerpo se moviera con frenesí hasta perder nuevamente la energía y quedarse inmóvil. Era como si el árbol de su madre fuese azotado por un huracán durante un breve intervalo de tiempo y le forzara a retorcerse hasta configurarse como otro vegetal.

El doctor Ceballos se lo explicó en términos médicos. Debían distinguir si se trataba de catatonia excitada o de episodios maníacos psicóticos; ambos presentados con un inicio agudo de síntomas compatibles con manía, tales como la excitación, grandiosidad, labilidad, delirios e insomnio, además de un estado mental alterado y delirante.

En palabras del psiquiatra la catatonia clásica es un ejemplo de catatonia no maligna retardada, la catatonia maniatiforme era una variante no maligna excitada, y el síndrome neuroléptico maligno y la catatonia letal eran variantes malignas hipo e hipercinética, respectivamente. Algo que dejó a Armando igual o peor en términos de cognoscibilidad, confusión y previsión.

Siguieron yendo al cine, esta vez tres. Armando sentado en la butaca del centro del centro, Amado a su lado (algunas veces a la izquierda, otros a la derecha) y después, la bella y encantadora, Migdalia. En el otrora magnífico Rex-Dúplex vieron *Solaris* en versión original subtitulada, como siempre, y quedaron casi en un estado similar al de su madre que podría denominarse, de fascinación. A partir de entonces, ya ninguna película sería igual. Tarkovsky proyectó su península en el cielo. Lo que era océano tenía una réplica de cielo y viceversa. Lo que era tierra tenía una réplica de nubes y viceversa. Podía estar arriba o abajo; en una dimensión o en otra. Se sentó conectado. Esa era la palabra. No a algo o alguien, en particular, sino a todo.

Armando no pasó por alto la nueva distribución geográfica y no necesitaba explicación. No era para no dejarlo solo. Él sabía estar solo y pasaba la mayor parte del día solo. Él ya estaba solo antes de perder a su hermano y a su madre y no solo eso, sino que disfrutaba de la soledad. Su nave interestelar de madera pintada de azul había encallado en el planeta océano Solaris para siempre. Fue como si reconociese ese estado tan conocido a través de las metáforas del filme. Él sabía que su amigo y su novia no necesitaban calentarse en el cine. Sabía que habían pasado a otra fase donde, o bien no necesitaran de tanto calentamiento, o bien se calentaban de verdad en lugares más apropiados, como su propia nave interestelar. Los tres habían visto caer muchas tardes sobre los jardines de Solaris donde su madre se trasplantaba sin previo aviso.

Llegaban media hora antes de la visita y se quedaban esperándole con la casa para ellos solos. Armando ni siquiera sabía dónde lo hacían, ni cómo, ni le interesaba, ni le importaba. A su regreso los dos le contemplaban de la misma manera que el Cristo contempla la Habana y los aparatos meteorológicos el clima. Armando imaginaba que las aventuras de Amado y Migdalia padecían otra especie de catatonia en la que, siempre en su ausencia, ocurría todo y en su presencia, nada. Su madre y su amigo le jugaban la misma pasada: *Un, dos tres, al escondite inglés, sin mover las manos ni los pies.* Su mundo de eterna desconfianza ganó peso en su particular odisea del espacio.

Los quince días sin Leda pasaron así. Amado sabía dónde iba, Migdalia no. Ni siquiera supo que tuvo un hermano y una madre. Sus conversaciones sobre los contenidos rusos y sus especulaciones sobre el modo de vida soviético rellenaban todos los silencios. El fracaso epistemológico que Tarkovsky recreaba afectó más al participio que al gerundio. Armando lo entendió como una apertura, un descubrimiento, una posibilidad para la fe. Amado lo entendió como un cierre, un fracaso, una imposibilidad para la razón.

Para Armando, Solaris significó el encuentro de su península. Solaris era la representación de lo incomprensible; quizá, la constatación de que hay cosas inexplicables, sobre todo del alma. No todo se puede explicar con palabras como maniatiforme, neuroléptico, hipercinética. Solaris es esa masa de agua que él contempla desde siempre sin saberlo. Solaris está en todas partes. Una noche su hermano apareció en casa mientras dormía. Entró con la transparencia de siempre, excepto que le habló; le miró y le dijo: *Nada es como pensamos. El futuro es mucho peor. Es un desastre. Esto solo es una alucinación.* Armando quiso preguntarle, quiso que hablaran sin límite de tiempo o de palabras, pero él se esfumó. Abrió la puerta trasera y se perdió en el pequeño huerto. Su madre también habitaba la casa.

A veces la encontraba pegada a la radio apagada escuchando el silencio con la misma devoción con la que oía los interminables discursos del Comandante en Jefe. Nunca habló. Nunca lo miró. Tampoco se mostraba como un reloj sin cuerda o una linterna sin pilas. Tenía una sombra larga, mucho más extendida que la proyectada por su volumen en el suelo; pero Armando fregaba el suelo y sentía que, en cada bayetazo, la arrancaba un poco más.

Sin duda Leda se encontraría a un Armando muy distinto, pese a haberse perdido una sola película. Lo que Armando no sabía, aunque si intuía, era que regresaría una Leda irreconocible. Es difícil saber cuándo alguien deja de ser ese alguien para ser otro alguien. Pero quizá no se trate de eso, sino de que ese cambio ya se ha producido en el interior y emerge, como cuando una semilla se rompe para dejar salir la planta que siempre estuvo ahí sin cuerpo, ni materia. Se despidieron dos y se reencontrarían otros dos, pero eso es algo que tampoco preocupaba a Armando, como empezaba a dejar de preocuparle el estigma que su hermano dejaría sobre él. Leda nunca acudió a sus noches. Solo su hermano, su madre y algunos seres que no reconocía, unas almas que brillaban como fuegos fatuos y desaparecían antes de dejar huella alguna.

En una de esas noches especiales, Amado llegó solo cuando se suponía que estaría de vuelta del hospital. Amado solo quería gastar el tiempo. Algo que Armando sabe identificar muy bien. No va a preguntarle por su hermano, ni por su madre. No merece la pena. Amado sabe que Armando empieza a vivir más la vida que el resto no vive y sabe que él no, que él vive la vida que otros quieren. Sabe que está preso, cada vez más preso, y que su amigo está libre, cada vez más libre. Parecería que se hubiera tragado un jarro entero de miel y la diarrea le estuviera quemando las entrañas sin poder encontrar la boca o el ano para liberarlo.

–¿Te pasa algo, algo que quieras compartir? –y dijo "quieras", no "necesites", porque él solo le ofrecía la posibilidad de vomitar para sentirse mejor. Amado no respondió, ni siquiera se volvió para mirarle la cara, aunque en realidad, fue para que Armando no viera la suya. Tenía los ojos aguados. Pero Armando podía verlo. En su Solaris particular las emociones no eran un secreto.

–Estoy jodido –resumió. Miró al suelo, al subsuelo, a lo más recóndito del manto freático y, cuando no pudo bucear más... confesó: –Migdalia está embarazada.

Ninguno dijo nada más. Armando no era quien para juzgarles. Podía intuir, desde el más absoluto racionalismo, que era estúpido, que nadie en su sano juicio haría algo tan inapropiado en un momento menos apropiado aún, pero la vida no era racional, todo no era solo racional. Si algo sabía, con total certeza, era eso, que la espiritualidad no podía ser documentada en una fórmula que diera como resultado una sentencia booleana, binaria, bipolar: verdadero o falso, bello o feo, malo o bueno. No solo no tendría sentido, sino que produciría mucho dolor, mucha desesperación, un absoluto fracaso. El mundo de Armando era menos disyuntivo y más copulativo, era menos adversativo y más distributivo; sin explicativos.

–¿Qué piensan hacer? –preguntó; no por curiosidad, no por utilidad, no por satisfacción.

–Migdalia quiere hacerse un legrado, pero... no sé; no sé si es lo que debemos hacer –En su respuesta podía intuir que era lo que quería, aunque empleaba mal el sustantivo. Solo Migdalia sufriría las consecuencias del aborto y no solo sobre su cuerpo. Amado en cada masturbación se libraba de millones de criaturas en potencia, pero Migdalia se libraría, si fuera su decisión final, de un embrión en potencia; algo más tangible que una criatura. El embrión es algo particular y no una generalidad blanca y espesa. El embrión es una semilla de la que una criatura será, o no, árbol.

–Si necesitas que done mi sangre, cuenta conmigo.

Esa fue toda la conversación. Después, cuando empezó a caer la noche, ni siquiera encendieron la radio. No tendrían tanta suerte. *The Beatles* no se escucha a diario.

Es lo mismo

Cuando el niño era pequeño, Mariel y Leisam me regalaron un disco de Teresita Fernández, como una alternativa a Rosa León. Había una canción que se llamaba: *Lo Feo*; terminaba con esta estrofa:

A las cosas que son feas
ponles un poco de amor
y verás que la tristeza
va cambiando de color

No puedo más que recordarla porque, por mucho amor que pongo, la tristeza no cambia de color, Teresita. Se que tu canción iba dirigida a los niños, a mi hijo; que hay cosas que son mucho más feas que otras; que la tristeza puede ser tan oscura que no conozca el color.

Vivo en un presente que se destruye a la misma velocidad con que se construye, dijiste. En ese momento pensé: «El presente es justo eso»; pero me equivoqué. Tú María, vivías sin pasado, imposibilitada de construir un pasado. Así, el presente sirve de poco.

Fueron días muy duros, muy secos, muy fríos, muy largos. Un día me llamaste. Querías verme. Querías que fuera a tu casa. No te pregunté por qué, ni por Miguel. Solo me vestí y corrí a ti.

Miguel, como no imaginaba de otra manera, estaba contigo; supuse que se lo habías dicho; que, en un ataque de sinceridad, en un arrebato de confesiones, se lo habías dicho, pero él se comportó con la misma amabilidad de siempre. Él era un ser especial, María. Lo sabías, por eso te casaste con él. Por eso, lo elegiste. Tomé un café, tú una infusión, él una cerveza y luego salió a la calle en busca de algo. *Voy a aprovechar que estás aquí, para no dejarla sola; enseguida vuelvo,* dijo y salió despreocupado, al menos no con más preocupaciones de las que ya tenía. *Ha salido a fumar,* me dijiste cuando cerró la puerta. *Ha vuelto a fumar.*

Después sonreíste y me agarraste la mano y me tiraste hacia ti y me besaste. *Cuántas veces he deseado hacer esto,* dijiste sin parar de sonreír. Yo también te besé, en la boca, en el cuello; puse mis manos entre tus piernas, pero tú me advertiste: *No siento nada,* y volviste a sonreír. Tu cuerpo y tu alma se desconectaban, María. Sentí mucha pena, una pena tan grande que todas mis secreciones se secaron.

–¿Quieres que haga algo? –te pregunté.

–Había pensado en dejarte –dijiste–, pero creo que no es buena idea –e hiciste una pausa para elegir bien tus próximas palabras: –Quédate aquí conmigo.

Tú eras así, María, pensabas una cosa y hacías otra. Sabía cuál era el origen de tus dudas. Sabía que no querías mentir. Me contaste que te habías confesado con Miguel. Que la habías contado todo, desde lo más *light* a lo más *heavy*, excepto lo nuestro. No fuiste capaz porque sabía que eso lo destrozaría mucho más de lo destrozado que ya estaba y tú lo querías de verdad. Miguel era el hombre de tu vida. Era tu compañero, tu asistente, tu silla de ruedas.

–¿Cómo fue eso que me dijiste una vez? La verdad... está sobrevalorada.

–La sinceridad está sobrevalorada.

–Pues eso, es lo mismo.

La virtud es aquello que te hace obrar con proyectos ideales como el bien, la verdad, la justicia y la belleza; lo que Aristóteles resumía en la ética, la lógica y la estética. Según Eco la virtud se opone al vicio y es importante, muy importante, para la vida ética. Sin embargo, María, esas generalizaciones terminan contaminando lo puro. A veces en lo feo está lo bello. A veces la verdad resulta que no es verdad. A veces lo bueno hace más daño que lo menos malo. Eso sobraba en ti María, virtud; eso es lo que intento pintar una y otra vez sin éxito, eso que parece tan claro, tan a la vista, tan evidente. A veces lo más manifiesto es lo más difícil de hacer manifiesto, como mi amor, María; como mi amor.

Cuando odiamos a alguien, odiamos en su imagen algo que está dentro de nosotros.

Hermann Hesse

Durante aquellos días de embajada lo peor para Ariel no fue dormir en un trozo de yerba, comer mucho menos que en su casa, pasar sed o no hablar con nadie, sino sentir miedo. El miedo es como una manta que no alivia el frío, un mantra que no invoca lo divino, es como un coche sin ruedas o un albatros sin alas. Sintió miedo ver a aquella turba de desconocidos gritándole chusma, mierda, porquería, escoria, a la que desfilaba insultante. Sintió miedo ante tanta agresividad. Entonces se preguntó si todo ese grupo, al igual que toda aquella masa, era igual de fanática, idiota o cobarde; se preguntó si él estaba del lado enemigo o enfrente; se preguntó cómo saberlo y con qué aparato sería posible medir su fuerza; se preguntó quién ganaría esa batalla del odio que abría heridas estrafalarias e incurables. Después de todas esas preguntas sin respuestas, sintió el miedo total, el miedo al vacío, al desastre.

Un día le mandaron a casa. *Ariel, te puedes ir pero no puedes salir hasta que no te llegue la salida del país,* fue la orden. No había vuelta atrás. La isla no sería nunca más igual que como la conocía. No dejaría atrás seguidores y perseguidores, muchos se irían con él, le perseguirían hasta el rincón más inhóspito y oscuro de ese otro planeta fuera del alcance del planeta Cuba.

Salió a la calle sin carné de identidad, con la sensación no ya de no pertenecer más a aquel lugar, de ser un extranjero en su propia tierra, de ser un hereje, sino de ser. ¿Quién fui? ¿Quién soy? ¿En qué me he convertido? Cerró los ojos e intentó imaginar su lugar en el mundo, pero hacía demasiado calor, todo ardía; en el infierno es muy difícil pensar.

Le esperaba enfrentarse a su familia. Su madre nunca estuvo bien. No tiene ni un solo recuerdo de una sonrisa, una fiesta, una celebración. Su padre los abandonó pronto. Era como la planta que le dio sombra mientras crecía plantaba en medio de la puerta. Un árbol que, aunque apenas se moviera, absorbía a Fidel por las raíces de la radio. Ella se consideraba revolucionaria, aunque Ariel no tenga ni un solo recuerdo de alguna acción suya que se pudiera considerar revolucionaria.

Su hermano Armando era otro cantar. Parecen de distinto padre y madre, pero, aunque por cuestiones generacionales no compartan canciones, escuelas al campo, fiestas o rones, sabe que es buena persona. Sabe que, como él, piensa. Sabe que no le cuestionará, no importa cuanto más o menos revolucionario se considere. Sabe que es un poco friki, que con su amigo Amado y quien sabe con quién más, se hinchan a películas rusas. No sabe por qué, pero da igual. Cuando su amigo Amado no está puede meterse en su casa y templar con su madre. Sabe que Armando no lo sabe. Nadie lo sabe. Nadie lo sabrá.

Teme que su decisión termine perjudicándolos; pero ya no hay vuelta a atrás. Deberá velar, para empezar, porque no le perjudique a él mismo. Tomar decisiones en tu contra y en la de los demás es estúpido. Solo cuando termine esta crisis, esta especie de muerte y resurrección sabrá si ha sido inteligente y estúpido. A veces una decisión es estúpida a corto plazo e inteligente a largo plazo. Está por ver. Todo está por ver; cuando uno nace, o renace, todo está por ver.

Sabe que la inteligencia aquí está en abrirse, en considerar que, todas las respuestas posibles, pueden estar equivocadas, que el número de votos a una sola respuesta no la convierte en más verdadera. Sabe que la verdad es escurridiza; que para pescarla hace falta una red, no un anzuelo.

Su madre le ignora, lo suponía. No quiere estorbar. Quiere permanecer como si ya no estuviera. Quiere que se adapten a su ausencia. Sabe que su madre cumplirá con su deber, el que sea que le hayan encomendado. Sabe que su árbol jamás florecerá. No sabe cómo reaccionará su hermano. No sabe si le partirá el alma. No sabe si es más duro vivir con las almas rotas.

Hablaron; de alguna manera se despidieron. *Ya sabes que los hermanos no se eligen... como los rusos*, le dijo el muy friki; pero él sabía que solo intentaba bajar la presión. *No seré yo quien te juzgue. Tú solo eres mi hermano mayor y eso...*, dijo y no pudo terminar la frase porque podía romper a llorar y se abrazaron por primera vez desde que las circunstancias generacionales hicieron de los dos unos desconocidos; pero Ariel sabía cómo terminaría la frase. Debió estar escrito en sus genes. *No seré yo quien te juzgue. Tú solo eres mi hermano mayor y eso... no cambiará jamás.* Parece obvio, pero no lo es. Muchos hermanos dejan de ser hermanos. Ellos no. Ariel hubiera dicho lo mismo, pero no pudo. Por eso lo ha escrito en todas sus novelas y por eso lo escribirá en las que le quedan por escribir.

El día que vinieron a buscarle le despidieron con un coro de repudio abundante en improperios, agresividad, odio y cobardía. Parecían más de los que en realidad eran. Parecía que Ariel los hubiera engañado, traicionado, avergonzado. Podría reconocer, si quisiera, quién gritaba, pero no tenía sentido. Al salir, se detuvo frente a su madre. No la miró, no por vergüenza, sino por dolor; prefería quedarse con cualquier otra cara anterior por muy vegetal que se le antojara. Solo dijo: *Por favor, cuídense*; luego, como un gladiador sin armas, saltó a la arena. Entre todas las caras solo reconoció una, la madre de Amado.

Siete novias para siete hermanos

Cuando Leda regresó de sus competiciones no encontró una situación muy distinta a la que había dejado; por mucho que ya nada era igual que cuando se fue. Sabía que Armando tenía madre, porque todo el mundo tiene una; pero no tenía la más mínima idea de si era grande o pequeña, linda o fea, vieja o joven. No lo sabía y no tenía por qué saberlo. Armando fue muy claro con Amado. Amado fue muy respetuoso con su decisión. Su madre, su hermano, su vida... es suya y nada más que suya. Él era más bien un espectador privilegiado sentado en primera fila, pero eso no le daba el más mínimo protagonismo.

Retomaron su vida sexual sin novedad en el frente. El pequeño y particular nidito de Sodoma y Gomorra había crecido, antes del interludio deportivo; más como un tumor, arrasando por lo sano, que como un acné juvenil. Los actos sexuales no conducentes al embarazo se fueron sofisticando y adornando con pequeñas lentejuelas de travestismo, alguna bisutería de sado-masoquismo para principiantes inexpertos y un toque de depravación encubierta. La revolucionaria ejemplar Leda se transformaba en contrarrevolucionaria prototipo en menos de lo que se podía leer un capítulo de La Biblia o El Capital.

El infiel Armando se transformaba en infiel culpable en menos de lo que se podía cantar La Bayamesa o leer una estrofa de La Edad de Oro. Así fue la recuperación de su actividad sexual. Leda estaba en forma, así que hizo un poco más de daño mordiendo y retorciendo y suplicó a Armando que le pegara con todas sus fuerzas una nalgada, mientras ella chillaba como una puerca al alcanzar el clímax anal y vaginal al unísono.

No había una película rusa que ver en la cartelera que no hubieran visto ya; así que, Armando, a la espera de una nueva cita colectiva, arrastró a Leda al Rex-Dúplex para repetir Solaris y ponerla al día, mientras Amado y Migdalia "resolvían" el embarazo no deseado del que ya su prima estaba al corriente. Fue una sesión extraña. Por mucho que siempre se sentaban solos en el centro del centro de la platea baja, cosa que conseguían 99 veces de 100, se sintieron un poco más solos. Leda pasó su brazo por encima del cuello de Armando, Armando colocó su mano en una de sus piernas, más cerca de la rodilla, e iniciaron el viaje de 2h 49m sin pestañear apenas. Cuando salió la cartela конец no se levantaron. Se quedaron con sus manos y brazos en el mismo sitio hasta que encendieron las luces y vieron aparecer una acomodadora, linterna en mano, alumbrándoles en la cara. Salieron sin decir palabra, anduvieron hacia el Capitolio, se sentaron en la escalinata y allí estuvieron, cada uno mirando a un océano diferente, hasta que se levantaron, se despidieron y cada uno se movió en dirección contraria. Ese día no hubo nada más que silencio exterior, provocado por una inundación interior. Algunas películas tienen ese poder. Son capaces de rellenar un frasco vacío, solo con imágenes, sonidos y silencio, y devolverle no su utilidad, sino su vitalidad.

Días después del reinicio de actividad con su "novio" Leda, Amado le comunicó a su amigo la decisión que habían tomado. Migdalia se sometería a un legrado y se pondría un DIU. A continuación, le comunicó la decisión que tomaron los padres por ellos. Se casarían. Lo del dispositivo intrauterino le pareció más racional que lo del contrato matrimonial, pero no dijo nada. Fueron en ayunas al Banco de Sangre de 23, entre 2 y 4, en el Vedado, con un volante que indicaba para quien era la donación. Armando donó su sangre, se comió el bocadillo de jamón y queso y se bebió el jugo de piña correspondiente y luego se tomaron un café juntos en la primera cafetería que encontraron abierta que ofertaba café. Amado no donó su sangre. *No podía*, dijo, aunque nadie le preguntó y después balbuceó: *Gracias*, aunque nadie se lo pidió.

Amado no estaba demasiado entusiasmado con eso de casarse y vivir en un cuarto, en la casa de sus suegros, en Centro Habana. No estaba nada motivado. Migdalia no quería irse a vivir a Casa Blanca. Era más agradable, pero quedaba más lejos de todo. La madre de Amado tampoco estuvo de acuerdo, aunque no hizo falta concretarlo. Desde su casa podía ir andando al Alma Mater; desde la casa de su futuro marido, podía ser una odisea llegar puntual a las clases. Amado le propuso seguir como hasta entonces, cada uno en su casa. Solo le pareció bien a él. Aún no había abortado siquiera y ya tenían problemas familiares que resolver. Armando se congratuló de su situación, pero tampoco lo manifestó. No es de recibo restregar en la cara de nadie tus privilegios.

Migdalia pasó el apuro. Fue muy penoso; lo más parecido a perder algo querido que por muy hipotético que pareciera, extrajeron en forma de sangre coagulada y dolores de regla. Estuvo sin querer ver a nadie, ni siquiera a ella misma, durante una semana, siete largos días atrapados entre las dos mitades de las dos últimas semanas de agosto.

Después quiso volver al cine y, como no había ninguna película rusa de estreno, se fueron a El Mégano a ver una cinta americana: *Siete novias para siete hermanos*. No fue buena idea. Migdalia pasó toda la película llorando. El cine repleto de gente y nada de centro del centro. Desde una esquina, en primera fila, soportaron las casi dos horas de duración de una trama en las que seis hermanos raptan a seis chicas para casarse, animados por el éxito del séptimo hermano, de nombre Adam, que encuentra novia y se la lleva a vivir con él. Amado no se identifica con Adam, ni con ninguno de sus seis hermanos, sino más bien con esas chicas raptadas. Para Migdalia el canto a la vida, a la alegría y la belleza onírica musical, se le atragantó como un jarro de miel en medio del esófago. Solo conserva el encanto lo que no se consigue por la fuerza. Ella ni siquiera es la mujer fuerte que cocina bien apropiada por Adam. Con frases como estas:

> Estoy buscando esposa. Y no pienso volver de vacío. Sois lindas, frescas y jóvenes. Os tendré presentes. Pero no me decidiré hasta haberlas visto a todas.

los hermanos planificaban elegir al ganado. Las raptadas lloran y gritan mientras las suben al matadero. A continuación, cuando la nieve se derrite y los familiares pueden subir a recuperarlas, las chicas no quieren volver. La única casada ha parido. A los familiares solo les preocupa el honor de sus hijas. *¿Quién es la madre?*, se preguntan todos; a pesar de que piensan lo mismo. Todas las chicas, en un arrebato incomprensible, reclaman ser ellas. Los padres, a punta de escopeta, "obligan" a casarse a sus hijas con los hermanos. Todos felices. Migdalia no para de llorar.

Leda no consigue terminar la película. Hasta le ha metido la lengua en la boca a su "novia", para no aburrirse. No le saca el pene para no montar un escándalo público; más bien por su prima. El rudo de Adam canta la historia de las sabinas en su inglés rural:

En tiempos de los romanos. Se bañaban en el río. Sus hombres estaban en los pastos. Al pasar, una tropa de romanos. Las vio en cordobanas. Y se las llevaron. A que se secaran. Eso, al menos, nos cuenta Plutarco. Y las mujeres. Lloraban y lloraban. Pero bien dispuestas. Estremecidas. Por esa cabalgata. Gritaban y besaban. Besaban y chillaban. En la campiña romana. Así que recordadlo. Si os lleváis a una novia. Llorando y dispuesta…

Por fortuna Milly, la única casada, salva un poco el desatino. *Me dais vergüenza,* les espeta mientras los confina a comer y dormir con su ganado real. Los cuatro sintieron vergüenza, el resto del cine no. Podían escuchar sus risotadas y comentarios. Armando y Leda no pudieron aguantar hasta el final. ¿Cómo era posible que se exhibiera aquella película? ¡Para todas las edades! *La moral comunista es como la cristiana,* fue una de esas frases que le soltó su hermano en alguna de sus visitas nocturnas. *Haz lo que yo digo, pero no hagas lo que yo hago,* dijo también. Armando sabía que no podían hablarle. En ese mundo lateral aún apenas tenían interacción. Por ahora se trataba más de monólogos que de diálogos. Armando podía escucharlo, pero no sabía si su hermano le escuchaba a él. Ese día se prometieron no volver jamás, nunca, en ninguna circunstancia, volver a ver una comedia americana en un cine de la capital. Se lo juraron con un apretado silencio en el viaje a pie desde el cine hasta las casas de las primas. Amado entregó a su futura esposa sana y salva a sus padres y Leda avisó a Armando.

–Te tengo preparada una sorpresa –avisó–. Va a ser mi regalo de cumpleaños, aunque sé que cumples a principio de año. Prepárate.

El origen de mi mundo

Cuando llegaste tu retrato ya estaba a medias. Te quedaste impresionada. Mucho más que impresionada. Con la boca abierta, sin poderla cerrar; ni siquiera para besar. *Te tengo en la cabeza*, te dije. *Estas enterita en mi cabeza*. No habría más sexo. Ese día no te sentías bien. En realidad, llevabas ya dos meses sin pisar mi casa. Nos besamos, pero no hubo nada más. Ese día fuiste modelo, fuiste el origen de mi mundo, mi maja.

Te desnudaste tú sola y te tumbaste en el enorme sofá, que era ya tu sofá. Solo faltaba el torso. El cabello estaba delineado, la forma de la cabeza también. Sabía dónde iría cada ojo, cada peca, cada línea sinuosa de tu piel, el contorno de tus labios, pero todo eso estaba vacío, por rellenar y aquel día tu rostro no parecía tuyo. Seguí retocando lo que ya estaba listo. Fingí que seguía trabajando, y no te lo volví a mostrar. *Lo verás cuando esté terminado*, te dije; quizá, porque tú dejabas de ser tú, quizá porque esperaba un momento mejor, quizá porque debía quedar así, vacío; solo con la textura del color que dejan millones de mariposas cuando se cruzan con un misil en el aire.

Podía "terminarte"; todos tus gestos estaban grabados en mi cerebro, en mis manos, en mi piel. Podía rellenar ese vacío en el lienzo, pero no el vacío que como un boquete se abría en mi alma. Tus mensajes por Telegram continuaron, tus visitas se espaciaron.

Tu amor nunca cesó, la fatiga venía de otra parte. Venía de algún inhóspito, oscuro, implacable. *Me voy a morir. Me quedan seis meses de vida... más o menos*, me dijiste cuando tu médico confirmó el peor de los augurios. Fue la peor noticia de mi vida. No supe qué hacer, nadie sabe qué hacer, nadie sabe cuánto más debe preguntar o infundir esperanza. Tú siempre fuiste categórica: *No se puede hacer nada*. Tu última frase de aquella conversación fue: *No tengo miedo*. No era una frase hecha. Solo había que oírla saliendo de tu boca para confirmarlo. Era una sentencia de vida.

Desde aquella fatídica llamada, sabíamos que todo sería más difícil. Tú nunca dejaste de decirme: *te adoro*. Yo no me atreví, supuse que sería una carga más para ti saberlo. Tú solo tenías frases de amor que poco a poco se quedaron en palabras y por último en letras inconexas. Pero yo sabía leerlas, sabía todo lo que querías decir, como si las escribiese. Eran muy similares a las que te escribía. Nos reunimos pocas veces más. Siempre en presencia de Miguel, siempre con naturalidad. Nadie fingió lo que no era. Solo importabas tú y Miguel.

Mariel lo intentó, María; escribió muchos borradores de episodios que de alguna manera le habías contado. Se esforzó, pude leerlos y también ver cómo los borraba. Lo entiendo. A mí me pasó lo mismo, o algo parecido, o incluso peor. Yo podía terminar tu rostro, tu enigmática sonrisa que olía a césped fértil, la profundidad de tu mirada que hurgaba en lo más tierno de mí, la suavidad de esos labios carnosos que alimentaban al más sediento. Podía pintarte porque tú estabas dentro de mí, manejando los pinceles, mezclando los pigmentos, manipulando el espacio; pero no pude. Tú, sin ese vacío, no podías ser completa.

*Los viajeros navegan de la casa a la casa. Los exiliados se desplazan
de la casa a la intemperie.*

Iván de la Nuez

Ariel no supo de la congelación de su madre, ni de las visitas
circulares de su hermano al hospital, ni de los fantasmas que
invadieron su patio, ni siquiera llegó a saber si le gustaban Los
Van Van o la pelota. El supo de un lugar conocido por Cuatro
Ruedas al que llamaban Centro de Procesamiento hasta
entonces desconocido para él y su hermano y su madre e
incluso para la madre de Amado y su hijo.

La embajada de Perú era un parque de atracciones infantil
en comparación con aquel "centro". Allí pasó ocho largos días
cuya única distracción era salir ileso. Allí había mucha más
gente, muchísima, musichisísima más que en la embajada. Allí
estaba lo mejor de cada casa. Era como si hubiesen juntado
varios parques temáticos del horror humano en uno solo, no
mucho más grande que lo mínimo imaginable. Allí había
delincuentes comunes: violadores, ladrones, extorsionistas,
maltratadores; había delincuentes políticos (una extraña
combinación de pecados e ideología), había locos, retrasados,
impedidos; y un pequeño grupo, del que apenas reconoció
alguna cara, proveniente de la embajada. Allí les custodiaban
como si estuvieran cumpliendo condena por un delito.

El Centro parece más un Campo; un campo de reclusión, de concentración, de reconcentración; un campo donde todos los derechos quedan subrogados, donde solo deben obedecer ante una autoridad armada, uniformada, irritada y verde. El Centro parece una Granja donde mandan cerdos y cuidan perros a yeguas, burros, gallinas, gansos, patos y ovejas (muchas ovejas); una Granja improvisada sin granjero.

Ariel ya no tuvo miedo; sabía que debía controlarlo, mantenerlo bajo raya, sumergido, ahogado, si quería sobrevivir a aquellos días. No tuvo pánico, ni sueño, solo ojos, oídos y olfato. Todo los que están allí son ojos, oídos y olfato. Allí no hay personas, sino algo entre medias, algo degradado con asomo de honrarse. Hay colas para todo: para los trámites, para comer, para ducharse, para esperar. Los funcionarios no tienen prisa; parecen disfrutar de la lentitud que alimenta la desesperación, la incertidumbre, la sospecha.

Por fin le llega su turno. El agente de inmigración, con el mismo gesto oficial de desencanto, desgano y aburrimiento de su madre, le pregunta por sus antecedentes penales, por su condición política, por... Antes le ha oído preguntar a otros por cartas de libertad, por sentencias, por... Ariel está nervioso, pero extiende todos los papeles sobre la mesa sin pronunciar palabra. Sabe que lo mejor que puede hacer es ahorrarse cualquier palabra. El agente sigue preguntando: ¿ladrón?, ¿homosexual?, ¿santero? Todas las respuestas están en esos papeles, pero el agente pregunta. Ariel niega con la cabeza, lo justo para saltar al próximo paso. El oficial lee en voz alta, como un lector de tabaquería delirante. Por fin se cansa, o se aburre, o se resigna. *Deja el carné de identidad en esa cubeta y ponte detrás de ese para que te cojan las huellas digitales.* Por fin, falta menos para alcanzar la aspirina; esa guagua pequeña de fabricación nacional de marca Girón. No sabe adónde le llevará, supone que a algún puerto, pero ya falta menos.

Al menos ha dejado de ser yegua, burro, gallina, ganso, pato u oveja. Un chorro de algo, que parece agua, pero no lo es, les empapa. *Es por la higiene*, les advierte con sorna uno de los que maneja la manguera desde un enorme camión cisterna. Pueden percibirlo, ni siquiera son animales; son mucho menos que eso en el reino ideológico. Son gusanos, parásitos, bacterias, virus insignificantes. No pretenden protegerlos con el baño, sino protegerse ellos de los infectados, de la carroña, de la epidemia.

A la orden de ¡*Arriba!*, todos suben en fila y se acomodan con torpeza. Afuera les espera la comparsa: gritos, abucheos, huevos. No son tantos, pero nada, ni nadie, les detiene. Esa es la despedida, los últimos recuerdos de la isla, de esa que se suponía... era de todos. Serían repudiados hasta que la dejaran atrás, hasta que la enterraran en vida, hasta que la desterraran de su memoria, hasta casi siempre.

Aunque ya nadie grita, ni abuchea, ni tira huevos, las ventanas siguen bajadas. *Campamento El Mosquito*, anuncia el chofer. Ariel puede oler el mar. Falta menos. Solo quedan otros cuatro largos días. Le ordenan dirigirse a una barraca. Allí, un funcionario de aduanas le registra. Apenas tiene cien pesos que no le servirán de nada. Debe depositarlo en una caja de cartón algo más grande que una de zapatos. A otros les confiscan relojes, cadenas, anillos, carteras, llaveros; también cartas y notas con direcciones de familiares y conocidos. Saben que son estas últimas las verdaderas joyas; pueden verlo en la cara de cada uno, pueden verlo en la desesperación de aprender de memoria, en el último instante, al menos una línea. Los funcionarios cambian el salvoconducto por otro numerado, oficial. *Al llegar a Estados Unidos, tienes que decir que fuiste asilado en la embajada de Perú*, le ordenan a Ariel. Suena raro que se lo recuerden, pero la orden no es para él, sino para sus "compañeros de viaje" asilados involuntariamente en centros psiquiátricos y penitenciarios. *Si no dices eso*, instruye, *no te aceptarán.*

No hay barracas para ellos, solo un peñasco donde se reconcentran más de mil personas. En el último mes, Ariel ha visto más gente que en toda su vida. No ha conocido a ninguna. No ha reconocido a ninguna. Solo es gente dispuesta a romperle los huesos y comerle vivo si es necesario; gente dispuesta a llegar a la otra orilla sobre su cadáver si es necesario. No todo está mezclado, pero la gente no lo sabe del todo. Allí, como en el mercado, el género debía estar distribuido en pequeñas secciones delimitadas por alambres de púas: asilados en la embajada, reclamados, presos políticos, presos comunes; pero, la indisciplina y la ansiedad les ha desperdigado, mezclado, reunido. Nadie sabe quién es quién. Todos desconfían de todos, mientras esperan que les llamen.

Aquí ni siquiera tienen una letrina con un mínimo de privacidad. Aquí todos apestan, todos padecen la peste. Los perros llevan perros que no muerden, pero asustan, llevan armas que no matan, pero aterrorizan. Aquí no hay quejas, ni reclamaciones. Aquí no hay derechos. 42 es el número de la guagua donde Ariel debe subir quién sabe para llegar adónde. Nadie da explicaciones y todos especulan. Después de cuatro largos días Ariel escucha su nombre. Son las tres de la mañana. Ariel debe unirse a un pequeño grupo; calcula que serían unos treinta. Debe bajar a una piscina abandonada y atravesar el agua fétida estancada hasta el otro extremo. No hay ninguna razón. Es solo una señal, podría ser la última humillación. Un paso más. Ya falta menos. Otro oficial vestido de verde y oscuridad lee su nombre. Ariel sube. Algunos intentan trepar sin haber sido llamado. El oficial les amenaza. *De aquí se van los que me salgan de la pinga, ¿entendido?* Ariel tiene suerte, ha cogido asiento. No tiene que esperar por otra guagua. Otros tienen que aguantar un poco más. Por fin el chofer enciende el motor y se mueve. Hay soldados y armas por dondequiera, también en la entrada del puerto de Mariel, donde los dejan a la deriva.

Soy cubano y siempre lo seré, dijo uno al bajar. *Me voy, pero seguiré siendo cubano, cien por ciento cubano*. Ariel no supo distinguir si lo dijo un loco, un delincuente, un infiltrado o cualquier otro. Su único privilegio era el más vulgar de todos los privilegios, haber nacido en Cuba; se apropia de un eslogan del aparato ideológico del partido para reafirmarse. *Soy cubano*. Muchos lo cantan, muchos lo rezan, otros lo lloran. Aquel "patriota" emigra al imperio, al territorio del enemigo, pero no puede dejar de ser... cubano. No puede renunciar a eso que supone su identidad, su razón de ser. Seguirá siendo lo que sea que entienda por eso de "ser cubano". Ariel está dentro y fuera. No está en ninguna parte. Su único privilegio es haber elegido, agarrar las riendas de su vida. Para él, eso era la libertad. Allí, rodeado de agua, de desconocidos, de peligro, de incertidumbre, sin plan, ni bandera, ni expectativas, allí, supo que era libre. Sintió, que la mayoría de aquella gente solo cambiaba un yugo por otro. La verdadera libertad no está en pertenecer a algo o alguien, no está en un lugar o en otro, en una ideología o en otra; está en uno mismo, en la cabeza, en ser uno mismo y no otro.

extranjero, ra

Del fr. ant. *estrangier*.

1. adj. Dicho de un país: Que no es el propio.
2. adj. Natural de un país extranjero.
3. adj. Propio de una persona extranjera.
4. adj. Perteneciente o relativo a un país extranjero o al conjunto de ellos.

el extranjero
1. loc. sust. m. País o conjunto de países que no son el propio.

Stalker

El curso universitario empezó mucho antes de la "sorpresa". Ambos se matricularon y, una vez más, compartieron aula. No había pupitres, sino unas sillas con una especie de pala de madera retráctil que servía para escribir a los diestros. Los zurdos debían hacer un esfuerzo sobrehumano para escribir casi al revés. Eligieron dos sillas juntas casi al final del aula y empezó la nueva etapa sin sobresaltos.

La salida por el Mariel seguía siendo un escándalo de proporciones inimaginables, bíblicas, se podría decir. Las arcas de Noé Sam trasladaban a destajo una suerte de fauna y ganado redundante y revuelto desde una orilla a la otra, mientras Fidel Castro seguía repartiendo culpa para exorcizar su rabia. "Para mí hay una cárcel allá donde mire", le dijo su hermano. Su madre, seca de todo entusiasmo, se limitó a cerrar los ojos pegada a la radio apagada. "La Universidad es para los revolucionarios", anunciaba un cartel enorme en la escalera principal que, en la ISPJAE, no llegaba a escalinata. Era parte de la decoración. La calle es para los revolucionarios. En definitiva, el territorio cubano era para los revolucionarios. Los contrarrevolucionarios debían emigrar a la "Zona de alienación" con la esperanza de volver y procrear su especie en el futuro.

Era un tema del que no podían hablar. No había la suficiente "confianza". No se conocían. Cualquiera era susceptible de acusarte, insultarte y expulsarte. Detrás de todas aquellas caras como las suyas se escondía un signo de interrogación enorme. Todos eran revolucionarios, por eso estaban allí y era su deber, el deber de todos, defender la Revolución, la fidelidad a Fidel, al coste que fuera necesario; desde la delación hasta con la propia vida. Pero ninguno, como el mismísimo Fidel Castro, sabría responder a la pregunta del millón, del siglo, la gran pregunta: ¿Cuántas personas están con la Revolución? ¿Cuántos de ellos estaban con la Revolución? Durante la inscripción académica les hicieron una serie de preguntas "rutinarias" ideológicas y civiles. Armando omitió cualquier información de su hermano. A esas alturas ni siquiera sabía si tenía hermano, si se había ido, o si no. Amado omitió cualquier información de su posible estado civil. Todos sabían ocultar información, que no es, con exactitud, lo mismo que mentir. Todos lo habían aprendido con creces sobre la marcha, a pasos forzados. Habían aprendido a comportarse como un revolucionario, a reproducir su comportamiento, a mutar, a protegerse, a sobrevivir. Los profesores que rellenaron el cuestionario les felicitaron con un apretón de manos en dos oficinas dividas por un fino tabique. Están entre los elegidos, entre los destinados al progreso, a la continuación. Pertenecían al club intelectual de los universitarios más dotados, *pero eso*, le advirtió, *no les da ningún derecho*. Habían conseguido entrar, ahora les faltaba conseguir salir. Tenían los próximos cinco años para hacerlo. Era un deber.

A mediados de septiembre, mientras en Polonia se creaba el sindicato nacional independiente Solidaridad, después de semanas de huelga en el astillero Lenin de Gdańsk, y ante la incredulidad del gobierno de Cuba, Lena por fin invitó al aplicado Armando a disfrutar de su sorpresa por su no-cumpleaños.

Quedaron como siempre, en su casa de Centro Habana. Al llegar Armando se encontró que Leda no estaba sola. Otro mastodonte femenino, de dimensiones similares a la suya. ocupaba gran parte de la diminuta sala. A pesar del calor, las dos vestían una especie de mono deportivo naranja, blanco y azul pastel, con un parche bordado a medias entre escudo simplificado y bandera de Cuba cosido, más o menos, encima del corazón. Según la mitología griega, Leda huyó del acoso de Zeus metamorfoseándose en diferentes animales hasta que Hermes le colocó un huevo entre los muslos, del que nació Helena. Pero allí Armando vio a todos los animales reunidos en uno solo y a una especie de copia gemela.

–¿Te gusta? –provocó Leda.

–¿Cómo qué... me gusta?

–Si, te parece linda mi amiga –le dijo con un tono sinuoso imposible de escribir y describir–. A mí si.

–Si, a mí también –dijo Armando aliviado por su reconocimiento. Leda se desnudó de la parte superior del traje. Los enormes pezones, de sobra conocidos por Armando, estaban erizados, astringidos, comprimidos en un centímetro circular. Después desnudó a su amiga y frotó sus pezones con los de ella. Las dos le miraban esperando a que Armando saltase sobre ellas como un tigre en celo, pero no lo hizo. Tuvo una pequeña erección, nada más, que pasó más o menos inadvertida.

Leda bajó hasta su vulva y lamió con presteza. La amiga puso los ojos en blanco y en menos de un minuto... gritó. Las dos parecían muy excitadas y Armando no conseguía distinguir si la fuente de la excitación provenía de algo desconocido anterior a su llegada o de su simple presencia. El solo estar allí los tres elevaba en un orden de mil cualquier tipo de delito, de desacato, de subversión. Ellas parecían conocer muy bien el mecanismo y Leda parecía no dudar. Armando no sentiría celos. Era un infiel, como ella, aunque no tan revolucionario.

–Métemela –le ordenó–. ¡Ahora! –Armando obediente hizo lo que solía hacer... penetrar por su ano infinito mientras ella se sacudía como una mala bestia. La amiga le agarró por el cuello y le besó, le metió la lengua hasta los pulmones y luego lo redujo para que mamara de sus pezones llenos de semillas. Armando no pensó, solo se dejó llevar y Leda se sacudió como una cordillera asediada por un terremoto. Después cambiaron de posición. *Un, dos tres, al escondite inglés, sin mover las manos ni los pies.* Solo sexo en movimiento. Leda pasó a ser mamada por su amiga. Su amiga pasó a ser penetrada. Armando seguía de comodín a las dos. Pero su amiga, a diferencia de Leda, no estaba dispuesta a que Armando entrara por su agujero más estrecho.

–No –gritó–, por ahí no bujarrón. Métemela por el bollo –le gritó y Armando se retiró con más fuerza que un muelle. Por ahí ni de broma.

Todo sucedió al unísono. Su verga se desinfló, sus pantalones ocuparon la posición de equilibrio y Armando salió horrorizado de aquel lugar. El simple grito de: *Por ahí no bujarrón*, le puso en alerta. Le sentenció a un delito que superaba cualquier infidelidad. Salió corriendo y, justo antes de cerrar la puerta tras sí, escuchó un grito que debió estremecer a todo el vecindario: *¡Maricón!*

Armando no se dio la vuelta. Se fue con el insulto retumbando entre las dos orejas, destrozando parte de la masa encefálica. Se fue corriendo hasta mucho más allá de la parada de la guagua y se subió nervioso en el primer taxi que pasó.

Las sorpresas casi nunca terminan como son planeadas; casi siempre no salen bien, por no decir que... salen mal. Aquel incidente terminó como algo que no debió de ocurrir; como algo oculto que debía permanecer enterrado el resto de su vida; como algo condenado. Cuando regresaron al cine para ver a *Stalker*, otra vez de Tarkovsky, no hubo saludos, ni división entre dos. El grupo solo se fracturó al entrar al cine.

Esta vez Amado y Migdalia ocuparon el centro del centro, Leda un asiento del ala de butacas derecho y Armando otro en el ala de butacas izquierdo. Nadie preguntó, ni dijo nada porque todo se sabía. Migdalia lo había escuchado: *¡Maricón!* Lo escuchó medio Centro Habana; solo que Migdalia discriminó la voz y se lo contó a su novio. En su versión, su prima le había dejado porque Armando era maricón. Amado no se atrevió a preguntarle. Se limitó a seguir su rutina como si no lo hubiera escuchado, como si no hubiera ocurrido y Armando no tenía nada que explicarle. La célula se había dividido en dos y una de las células, a su vez, se había vuelto a dividir en dos y ya solo eran células indivisibles; cualquier futura división podía matarlos.

No volvieron a hablarse como si esa fuese la única forma de mantener el secreto. Cuando a finales de octubre, el gobierno polaco reconoció al sindicato Solidaridad, ni siquiera ellos fueron conscientes de los cambios que estaban por venir. En la universidad todo siguió su curso. Los amigos siguieron yendo y viniendo juntos, se siguieron sentando juntos, pero ese silencio se había clavado como una espina en los pies de un oso. No lo sabían, ni lo imaginaban. Se comportaron como si no hubiese pasado nada. En definitiva, las parejas se juntan y se rompen; ese es su ciclo. A veces vuelven a juntarse, a veces no; pero no había fuera de lo común. El "ex-novio" siguió comportándose como una atleta y la novia como un intelectual; como si no pasara nada o lo que fuera que hubiese pasado solo era un estado de la imaginación. Arnaldo Tamayo era el primer cubano, latinoamericano y negro en volar al espacio, Irak había invadido Irán y el éxodo de cubanos desde el Mariel entre Cuba y Estados Unidos había finalizado oficialmente. Que Leda y Armando no fueran pareja no hubiera transcendido a una simple anécdota salvo por aquel insulto que hizo retumbar al pasaje entero: *¡Maricón!*

Stalker resultó perturbadora. Esa noche su hermano le dijo: *¿Te has fijado? Los personajes luchan por entrar a la zona de alienación, no por salir.* Armando se sobresaltó porque observó que los personajes salían de un mundo monocromo para entrar a otro polícromo. ¿Cuál era el suyo? ¿En qué mundo vivía en realidad? ¿Acaso su hermano había salido a la búsqueda del mago que podía hacer realidad sus deseos? ¿Sería "la zona" el territorio de abundancia y libertad donde los sueños se vuelven realidad? O, simplemente, "la zona" no existe y el viaje no es más que un paseo desgarrador hacia la esperanza. *Lo imposible es posible,* repitió su hermano antes de desaparecer como siempre. ¿Sería su hermano un Stalker?, ¿un guía?

Está sobrevalorada

Tu guardería funcionaba sin ti. Tú sabías que no eras imprescindible, así que no tenías que preocuparte de estar allí, día tras día, durante ocho horas, rodeada de todos los niños que no tuviste. Podías desaparecer con facilidad, incluso podías decirle a Miguel que estabas allí, mientras ibas a mi casa, mientras ibas derechita hacia mí. Pero tú no sabías mentir. Para ti la verdad, era la mejor virtud. No sabías que a veces es mejor no hablar.

Eso te quemaba. Sentías que traicionabas a Miguel, no por ir hacia mí, sino por no hacerlo partícipe. *Solo voy a pintarte*, María. Tú lo sabías. Sabía que no haría nada que tú no quisieras. Sabía que dejaría en tus manos la iniciativa. Lo sabías e ibas dispuesta a ser fiel. Una cosa es en Telegram y otra en mi casa. ¿Seguro, María? No te lo creías ni tú. Te pusiste toda la ropa que pudiste; la más apretada, la más difícil de quitar, la más seria. Venías dispuesta a que me inventara tu cuerpo, ¿recuerdas? Sin embargo, cuando tocaste y abrí la puerta, tu corazón parecía que iba a salirse de todos aquellos trapos. No sonreíste, reíste, nerviosa, entraste y, en cuanto cerré la puerta, te abalanzaste sobre mí. Tú eras así de impredecible. Decías no, pero era sí y no puedo, sí quiero y basta, sigue. Temblabas, como una hoja en un arroyo, como una llama en una ventana abierta, como una adolescente.

Estabas caliente. Tus labios ardían, tu cuello, tus senos, tu vagina. Cogiste mi mano y te la introdujiste mientras me mordías. Estabas absolutamente encharcada, mojada, empapada. Allí mismo, en el umbral de la puerta, de pie, tuviste tu primer orgasmo. Me quitaste la ropa con desesperación, jadeando, sin preguntar siquiera si no había nadie más en la estancia. Diste por hecho que te esperaba. Nos desnudamos y corrimos sin soltarnos, sin mover de sitio esos pocos milímetros que nos separaban, y seguimos hasta caer en mi enorme sofá. Ya nada te podía parar. Supuse que solo la extenuación o la culpa te frenaría. Te lanzaste a mi sexo mientras mis manos husmeaban en el tuyo. Me corrí como una tromba, con un dolor agradable, con un final que no era el final.

No se cuántas veces ocurrió. No se todas las cosas que hicimos. Supongo que todas las que no estaban preparadas, pensadas, planeadas. Cuando ya no era posible seguir, cuando ya no pudimos más, la funda del sofá estaba inundada de sudor, de secreción, de mar. Después te duchaste y me duché y todo recuperó cierta normalidad, que no fue del todo "normal" hasta que abrí las ventanas para ventilar y quité el forro del sofá para lavarlo.

El lienzo seguía en blanco y tú y yo no teníamos palabras. Bebimos vino blanco, el verdejo de Rueda más maravilloso.

–Ya está –dijiste–. Ocurrió.

–Sabías que iba a ocurrir.

–Esto no. Esto supera todas mis ocurrencias –dijiste y sonreíste– ¡Ay!

–¿Lo lamentas? –te pregunté intentando llegar al significado de ese: ¡Ay!

–No. Estoy satisfecha. Estoy bien, muy bien, más que bien. ¿Y tú?

–Yo no tenía dudas, María. Eres maravillosa.

–Te adoro –dijo–. Ahora puedo decirlo. Quiero decirlo. Quiero que lo sepas. Solo espero encontrar la manera de compatibilizar mi vida con la tuya.

–No tienes que encontrar nada. Tu vida ya es compatible con la mía. Si quieres engañarte un poco, podrías pensar que es complementaria; sería, más o menos, la diferencia en ir por una carretera de doble sentido o ir por otra de dos sentidos en la misma dirección.

–¿Cuál es cuál?

–Creo que es más la primera, que la segunda. No tienes de qué preocuparte. Jamás te perjudicaré. Puedes confiar en mí.

–Lo se. Se que puedo confiar en ti. Siempre he confiado en ti.

–Puedes tener a Miguel y puedes tenerme a mí... tienes mucha suerte, ¿sabes? –sonreí, para quitar peso a sus preocupaciones–. Eres una suertuda.

–No me gusta mentir –dijo después de pensárselo bien y suspirar unas diez veces con profundidad.

–La sinceridad está sobrevalorada –te dije–. Entre el vicio de mentir y el de no tener tacto para saber cuando es mejor no hablar, hay un largo trecho.

–Debo tener más tacto –dijiste y nos reímos y seguimos charlando como siempre, como si no nos hubiésemos quitado la ropa y entregado en cuerpo y alma y comimos y te despediste con un beso suave y honesto.

Yo siempre escuché hablar de la otra orilla.
Envuelta en una nube de misterio...
Yo decidí a cuenta y riesgo, quedarme aquí en esta orilla
Frank Delgado

En hilera, uno detrás de otro, caminan hasta una nave con bancos de madera. Hay varias filas entre él y el mar. Todas deben vaciarse hasta que le llegue su turno. Hay gente que se cuela. Ariel sabe que el más mínimo desliz puede complicarlo todo. Se arma de paciencia, de más paciencia, de mucha más paciencia y espera. Al fin llega a la última bancada, ahora solo le queda una última cola, de pie, en el muelle, antes de saltar a la embarcación. El sol a esa hora castiga, pero es buena señal. Ya falta nada. *Dame tres*, grita alguien desde el atracadero. No hay ningún grupo de tres, así que es el momento. Por fin Ariel, la última pisada.

Lady Madonna, se llama la embarcación de apenas dieciocho pies. Ariel recuenta como puede, son unas veinte personas. Hay un par de rapados al final, deben ser carne de presidio. Hay mucha gente humilde. Pocos han vivido algo mejor; se nota, la ropa ya es americana, su calzado también, sus espejuelos, su miedo, sus miradas de desconfianza. Una pareja y su hija se mantienen junto al capitán. No cabe duda de que es lo más cercano que tienen a un familiar. Son los únicos que llevan chaleco salvavidas.

El rubio no es cubano, parece americano, probablemente haya sido contratado para recogerlos, pero ahí está como el héroe salvador que tiene que cargar a casi siete veces más personas por la cara, bajo amenaza, para cumplir su misión. *Si no, se quedan*, fue toda la negociación que se permitió el oficial cubano. Para salir, tienen que esperar el permiso pertinente de las autoridades, cuando quieran, nunca tienen prisa. *Lady Madonna* es el pasaje del terror de un parque acuático. Allí puede pasar cualquier cosa. Se puede masticar en el aire.

La gente se pone a hablar. Demasiado sol, demasiado calor, demasiada incertidumbre, demasiada paciencia, demasiados nervios. Muchos se confiesan sin rubor, sin miseria, sin consideración. Por fin parece que llega la orden. El motor ruge con discreción y el yate sale del puerto. La tripulación lo festeja sin tapujos. *¡Al fin libres!*, grita uno. *Cállese señor*, le recrimina una mujer, *a ver si nos viran pa' tras*. Ariel sigue en silencio. Todo ante él es azul, atrás queda la negrura espesa de su bahía. Siente miedo. Ya no está en Cuba, atrás queda la isla. Aún no está en Estados Unidos. Aún no sabe lo que es "el norte". Solo sabe que está en medio de nada, en una granja flotante, en las aguas del golfo, donde ya no hay ley, ni fronteras. Solo sabe que hasta los reflejos del sol queman y que el trayecto puede ser mucho más largo de noventa millas.

La noche surge cuando apenas se distingue el refulgir de Mariel. Parece sincronizado. Se cierra la noche, apenas alumbrada por la luna, y el mar arranca a mecerse con furia; cada vez con más fuerza, con más viento, con más lluvia, con más virulencia. El golfo es peligroso. Las tormentas se desatan en cuestión de minutos. Las olas se arremolinan por encima de los seis metros. Hay escualos de todo tipo. Cualquiera que haya leído a Hemingway debería dar cuenta. Ariel lo sabe, lo teme.

Muchos vomitan, algunos por la borda, otros en el suelo o encima del que tienen al lado. Tienen que agarrarse cada vez con más fuerza de donde pueden; demasiado hacinados.

Algunos entrelazan los pies, otros los brazos, otros gritan: *suéltame*. Nadie sabe cómo conservar la vida, algunos ni siquiera saben nadar; pero no hay más chalecos, ni bote de emergencia. Cualquier accidente puede ser trágico. Las olas se elevan cada vez más. La naturaleza es ajena a las inclemencias humanas. Un loco se pone de pie y empieza a gritar. *Agárrese fuerte,* ordena el capitán con su acento gringo. Pero el loco no tiene capitán y desoye. Una mujer reza. La embarcación de dieciocho pies parece más pequeña y frágil; cada vez le entra más agua, cada vez se inclina más sobre el mar. Una ola enorme cae sobre cubierta. El loco desaparece. *Hombre al agua,* grita uno mientras otros lloran y otros se encomiendan. El capitán no puede dejar el timón. El loco desaparece entre todas las sombras. Ni siquiera los relámpagos y rayos alumbran suficiente para verlo. Debió de ahogarse *ipso facto,* sin demasiado sufrimiento. Ahora servirá de comida rápida en la cadena alimentaria del golfo. No se ve nada. Ni siquiera un guardacostas. El motor se detiene. Al principio nadie se da cuenta, pero los movimientos son cada vez más involuntarios, más sincronizados con la brutalidad de las olas. Están a merced de la suerte. Están perdidos. Solo queda esperar que no se rompa, que no se de la vuelta, que no se hunda, que aguante.

Ariel no recuerda una noche más larga que aquella, aunque solo haya durado unas horas. Casi imperceptible la fuerza disminuyó, la lluvia paró y poco a poco, la barca volvió a su posición de equilibrio. Cuando salió el sol, el capitán se enteró del desastre. Habían evacuado barcos, unas embarcaciones habían rescatado a otras. El *Diligence* fue uno de los grandes héroes. Había rescatado casi treinta personas a punto del naufragio y escoltaba un convoy de otras veintitrés embarcaciones con unas mil quinientas personas a bordo. Nadie estaba cerca del *Lady Madonna.* Habían perdido el rumbo.

Tres días después mucha gente había perdido el norte. La sed y las quemaduras hacían estragos. Uno que ya no podía más se tiró al agua. En menos de un minuto se avistaron tiburones. Estuvo a punto de ser engullido. El capitán le echó una buena bronca, en inglés, en spanglish, en los que pudo, se cagó en todos sus muertos y también en la hora que había aceptado tal encargo. Uno de los rapados le amenazó con matarle si no le daba agua y comida. El capitán poco podía hacer. Aquel viaje era sencillo, un día como mucho y ya llevaban casi cuatro. El hombre le fue encima y el rubio no lo dudó; sacó una pistola y le disparó en la pierna. *Como vuelvas a amenazarme*, le advirtió en perfecto español, *te sirvo de carnaza a los tiburones*. Sí, no dijo carnada, sino carnaza. El hombre perdía sangre. Un tipo calvo y pequeño de espejuelos se quitó el pullover y le hizo un torniquete. *Quédate quieto*, le ordenó y volvió la paz.

Ariel se ofreció a revisar la avería y el capitán accedió. Había avisado por la radio, pero nadie acudía en su rescate. No tenía más que perder. Resultó simple: un pequeño manguito se había soltado. Ariel lo devolvió a su lugar, lo aseguró bien, rellenó el circuito de refrigerante y pidió al capitán que arrancara. Cuando se oyó el discreto rugido del motor la gente aplaudió. *Gracias Dios mío*, dijo alguien. *Es una bendición*, dijo una señora. *¡Abajo Fidel!*, dijo otro. Ariel volvió a su lugar que ya no era más su lugar; sin quererlo se había convertido en el segundo a bordo. El capitán le tendió la mano. *Mi nombre es Chad Capestany*, se presentó mientras premiaba a Ariel con una botella de plástico pequeña de agua mineral por su servicio, *para servirle. Gracias*, dijo arrastrando con suavidad la erre y reanudó el viaje. Todos lo entendieron como un derecho, excepto Ariel que apenas se mojó los labios sin tocarlos y se la entregó a una madre que iba acompañada de un niño pequeño. *Gracias mijo, para el niño tengo*, agradeció e hizo lo mismo que él.

A tan solo unas millas de la costa, el *Lady Madonna* se tropezó con una lancha con unas veinte personas a bordo ya sin combustible. El capitán decidió remolcarla.

Un par de horas después ocurrió el milagro. *Keep going! Keep going!*, escucharon. La orden provenía de una embarcación de la marina: el U.S. COAST GUARD 626. *Keep going!* Casi al unísono creció un ruido atronador en el cenit: un helicóptero de la guardia costera. Estaban a salvo. En ese momento de alivio la mayoría de la gente empezó a gritar: ¡*Abajo Fidel!*, como si de una contraseña se tratase. Quién sabe cuántas veces cualquiera de aquellas personas gritó: ¡*Viva Fidel!* Quién sabe en cuántas puertas de sus casas clavaron la consuetudinaria chapa: *Fidel, esta es tu casa.* Quién sabe por qué lo hicieron y por qué lo dejaron de hacer.

That's Key West! ¡*Cayo Hueso!*, informó el rubio. *Que nadie se tire al agua. En cuanto nos dejen... embarcamos.* Así fue, dos horas después el *Lady Madonna*, atracó en el muelle *Truman Annex*, en Cayo Hueso. Entonces la gente empezó a gritar: ¡Libertad! ¡Libertad! ¡Libertad! Ariel fue uno de los últimos en bajar; cuando lo hizo, cayó en redondo.

Abrió los ojos en una especie de enfermería. Sangraba del calor, tenías los labios destrozados. *Estabas a poco de la deshidratación*, le dijo una enfermera con curioso acento cubano. *Se acabó, esto es el Norte*, le dijo. *Descansa*, ordenó.

Máximo Gómez rehusó presentar su candidatura formalmente, al menos con la explicación de que «los hombres de la guerra son para la guerra, y los de la paz, para la paz». Los hombres de la guerra están para derrotar al enemigo, pero una vez aplastado, no habrá guerra, por lo que los hombres de la guerra dejarían de tener sentido. Para los hombres de la paz, en cambio, no hay contradicción. Su vida tiene sentido conviviendo con el "enemigo".

Ariel era un hombre de paz. Lo sabía, así empezó su vida con el enemigo, su nueva vida. Sus "compañeros" de viaje conmutaron un enemigo por otro. Su viejo amigo pasó a ser su nuevo enemigo. Su viejo enemigo pasó a ser su nuevo amigo. Todo ocurrió en esa travesía, entre una orilla y la de enfrente; todo, en medio de una tormenta. Él solo quería llamar a su casa en la otra orilla; avisar que estaba a salvo, en la orilla, pero ya habría tiempo. Ahora solo debía descansar.

Lucharon por su Patria

El pacto de silencio implícito entre Armando y Leda jamás se rompió. Con el tiempo se hablaron y se sentaron todos cerca; primero en la misma fila de butacas, después uno a un lado de la pareja Amado-Migdalia y el otro al otro y después juntos. Nunca volvieron a ver un brazo por encima del cuello del otro; pero si cordialidad, amistad y normalidad. Nadie supo lo que pasó. Solo Leda, Armando y aquella amiga que desapareció como el agua del inodoro cuando la descargan. Nadie lo supo y nadie lo sabría jamás.

Con el tiempo Amado y Armando fueron haciendo amistades en clase. Amado se casó en un triste y despintado registro civil, se trasladó a Centro Habana, justo al lado de Leda y trató de iniciar una nueva vida, con unos nuevos padres adoptivos, en una nueva casa más vieja que la suya. Sus suegros no se lo pusieron nada fácil, desde el primer momento. Desde que le forzaron a vivir de una manera que él, en libertad de decidir, no hubiera elegido. Por alguna razón desconocida para Armando, su amigo aceptó el castigo sin rechistar, aunque no tardó en arrepentirse. Aquellos seres intervenían en todo, disponían de todo y sentenciaban por todo. Hablaban con absoluto desprecio de los negros, de los maricas y lesbianas, de los desafectos. Amado intentó ser libre encerrado en la pequeña habitación conyugal, pero tampoco resultó.

Su suegra entraba sin tocar a la puerta, cambiaba las cosas de lugar a su antojo, ordenaba su ropa y protestaba un día sí y otro también por el continuo desorden. Migdalia siempre había vivido así, pero intuía que su Amado no vivía igual que ella. Quiso hablar del tema. Allí tenían que pedir permiso hasta para acostarse, para comer algo del refrigerador, para ausentarse. Quiso solucionarlo y consiguió estropearlo.

Aprovecharon su próxima película: *Lucharon por su patria*, en el cine Actualidades. Los nazis se aproximaban a Stalingrado, los rusos estaban exhaustos y sobrepasados en número. Después de una batalla sangrienta de muchos minutos, los rusos consiguieron detener a los nazis en Stalingrado. Durante toda la película, ellos dos en el centro, Leda a un lado y Armando al otro, ni siquiera se tocaron. Quizá cada uno librara su Stalingrado particular diseñando una batalla contra un invasor invisible. Cada uno carga con sus fantasmas y fantasías y casi nunca, son amigos. Cada uno entre una lluvia de bombas y sangre que parecía interminable. ¿Por qué estaban allí, los cuatro, viendo aquella película? Quien sabe. Las costumbres son fáciles de probar y difíciles de digerir.

Salieron y caminaron hacia el Paseo del Prado. Amado y Migdalia se retrasaron con cierta torpeza. *Tenemos que hablar*, le había avisado Migdalia. Armando y Leda lo aceptaron como una invitación al diálogo. Su conversación fue breve, pero firme. *¿Qué tal te va? Bien ¿Y tú? Bien*. Así de simple se revelaba que no había rencor. Eran más las cosas que les unían que las que le separaban. Leda hubiera vuelto con Armando. No tenía queja, pero seguía con su amiga y ella no quería saber nada del tercero en discordia. Armando no tendría inconveniente en volver con Leda, pero así estaba bien. En definitiva, siempre se consideró algo asexual. No la echaba de menos, ni la necesitaba. Si estaba, bien, y si no, también. A partir de entonces todo volvería a una especie de tranquilidad o pacto de no agresión. Cualquier acto hostil no haría más que perjudicar a ambos y, en su visión de las cosas, no era práctico, ni conveniente.

La conversación de Amado y Migdalia fue muy diferente y menos breve. El daño suele ser proporcional a la duración de las conversaciones difíciles, incómodas, duras; el placer también: hablar por hablar, a la larga inflige daño. En lo más básico, Migdalia exigía un poco más de colaboración, de actitud y de paciencia y Amado exigía solo una cosa, respeto. Fue como uno de esos eternos planos de Tarkovsky donde nadie habla, ni escucha; tan espléndido que Leda y Armando se despidieron mucho antes de alcanzar el nudo. Leda prefirió regresar sola y Armando ya no vivía en el mismo camino que Amado.

Ninguno de los dos entendió la desdicha del otro. Hay películas que no tienen desenlace, futuro. Se limitaron a acusarse y exigirse lo que no estaban dispuesto a aceptar y cambiar. Se limitaron a enfadarse, a caminar uno al lado del otro mirando cualquier otra cosa que no fuese la cara. En condiciones normales, el marido afectado debería ocupar el sofá y la mujer dolida la cama; pero, en sus condiciones anormales, cada uno debía ocupar el estrecho espacio roto por el medio y evitar cualquier ruido que incomode a los dueños de la casa. Amado pensó en levantarse a media noche y regresar, pero no tuvo valor. Migdalia soñó que se escapaban hacia algún lugar desconocido, pero resultó una pesadilla. Las bombas siguieron cayendo toda la noche y todo el día y toda la semana, sin que los nazis avanzaran, sin que los rusos retrocedieran. Cayeron tantas bombas que se acostumbraron al estruendo, a los estragos, a la hostilidad. Cayeron... hasta que cayó la definitiva; esa que divide la victoria de la derrota.

Mucho antes de lo previsto

No había meta, había camino. Te imaginaba como una fruta madura que se deshacía en mi boca, María. Tú necesitabas más tiempo. Ibas más de prisa, pero necesitabas ir más despacio. Mi hijo seguía estirando. Yo seguía pintando. El amor seguía creciendo. Quería tenerte cerca y quería asegurarme que te sintieras segura; así que organicé una cena. Mariel y Leisam, tú y Miguel y yo... en mi casa. Cociné para ti, lo que más te gustaba. Habías estado muchas veces en mi casa. Conocías todas las habitaciones, y en qué cajón estaba cada utensilio de la cocina. Conocías donde pintaba, donde descansaba y donde dormía. No había secretos.

Miguel me caía bien. Era un tipo encantador. Te lo dije y tú sonreíste y, como si fuera un desliz, una travesura, pusiste una mano tuya sobre una mano mía y la apretaste y sonreíste. Siempre una sonrisa. Te gustaba provocar. *Estoy completamente mojada*, me susurraste al oído mientras todos opinaban acerca del arte contemporáneo. Debajo de esa conversación, teníamos la nuestra. Tenía ganas de saltar sobre ti, de comerte, beberte, respirarte, pero sobre todo quería que sintieras confianza.

–María, serías una modelo estupenda –dijo Leisam, en medio del debate abstracción-figuración.

–¿Por qué?

–Eres muy expresiva. Lo dices todo sin decir nada –Leisam sabía de qué hablaba, pero no había de qué preocuparse.

–La verdad es que sí –dije–. ¿Me servirías de modelo?

Tú temblaste. No estabas preparada. Miraste a Miguel. Él estaba en otra parte, hablando de Kandinsky. *Miguel, que me piden que haga de modelo* –le dijiste no se si más sorprendida que manipuladora. *Estupendo cariño, serías una excelente modelo*. Tú le besaste. No se si necesitabas su aprobación o su complicidad. Él entendía tu fidelidad con sus infidelidades. Él tampoco era egoísta. Él solo te amaba. Tendieron la alfombra roja, María.

–Si –aceptaste y con ese SI, la distancia entre tú y yo disminuyó casi a cero. Te hubiera mordido, te hubiera desnudado, te hubiera engullido y regurgitado, y de alguna manera pasó, porque abriste las piernas y tu falda era demasiado corta y pude ver tu vagina húmeda, y tus labios abiertos y tu pubis rasurado. Sabías que solo yo podría verlo. Te sentaste estratégicamente. Sabías que solo yo me excitaría. Lo provocaste y tuve que excusarme y masturbarme con prisa.

Eras ingeniosa María. Tenías miedo a perder el control, pero controlabas con la precisión de un piloto de guerra. Tú también te masturbaste. Después me lo contaste. Te reíste. Estabas disfrutando. Estabas segura. No sabías cuánto te iba a durar, pero estabas disfrutándolo. Estabas feliz.

Leisam me contó una vez que Mariel era el hombre de su vida, a pesar de que a ella le gustaban las mujeres. La conozco desde hace casi treinta años, desde que llegaron de Miami y montó el centro de pilates. Dios los cría y ellos se juntan, dice el refrán y así fue. Frecuentó cada vez más mi casa, me sirvió de modelo, de confidente y me eligió para guardar sus secretos. Me habló de su hermana, de su vida en Miami, de su vida en Madrid. Lo tenía todo. Para mí resultaba extraño. Era la primera pareja que conocía que compartía todo menos sexo, que estaba dispuesta a todo. Ella le gustaba a Mariel, tenía el mismo cuerpo que su hermana. Ella estaba dispuesta a dejarse hacer, sin límites;

pero Mariel la amaba mucho más que lo que podía gustarle. El sexo poco tiene que ver con el amor. Algunos incluso solo lo practican para reproducirse; otros, por puro placer. Mantenían su satisfacción sexual lejos de su intimidad. Era una regla no escrita. A veces incluso salían juntos para satisfacerse. Ellos eran libres del resto, porque ya estaban enganchados uno del otro. Desde el día que Mariel entró en aquella casa de color azul pastel sus vidas se enredaron, desde que Chad aceptó recoger a una familia en La Habana y Mariel no tuvo más opción que subir a su barco, desde que Mariel decidió salir de donde nació sin la opción de volver. Estaban enganchados por Masiel, pero más por ellos mismos, por algo transparente, incorpóreo y vital, una especie de fuga, que no está anclada a ninguna parte, sino que fluye entre las almas. A veces la felicidad es como el lápiz que no encuentras porque lo tienes en la mano.

Cuando acabó la velada, cuando ya te marchabas, te pregunté con discreción: *¿Sufres?* Tú me abrazaste. Estabas segura. Estabas a salvo. *No*, dijiste, *estoy feliz. Te adoro.* Juraría que tenías los ojos aguados, pero quizá eran los míos. Desapareciste por la escalera y supe que te vería pronto; mucho antes de lo previsto.

Habrá tiempo de sobra para aplastar a todas las cucarachas juntas.
Fidel Castro

Ariel abrió los ojos como si naciera, como si el sueño fuese tan profundo que se durmió uno y despertó otro. Allí estaba la enfermera del acento curioso sonriendo. *Solo necesitas un buen aseo y ropa limpia,* dijo. *¿Quieres una coca cola?, ¿una manzana?,* preguntó. *Lo que sea, por favor, me muero de hambre,* le agradeció. No moriría de inanición. Tenía un suero puesto por el que le habían hidratado y alimentado. Habían aplicado un ungüento a sus quemaduras. Ni siquiera olía a sal o sudor, sino a medicamentos. La enfermera, que dijo llamarse Ángela, fue la responsable. Devoró todo lo que contenía la pequeña bandeja y luego se duchó, en una ducha que le pareció "lujosa". Se vistió con una camisa de flores y pájaros tropicales y un *blue jeans* desteñido que eligió antes de un contenedor repleto, según le explicaron, de ropa donada por cubanos residentes. Muchos aplauden, aunque no haya discurso. Luego unos agentes del servicio de inmigración los llevan a la estación aeronaval, les dan la bienvenida, les entregan una bolsa con los mismos ingredientes que Ariel había comido en la enfermería y les invitan a subirse a unos autobuses cuyo destino es el estadio Orange Bowl, reconvertido en un improvisado refugio temporal; desde el que partirían al aeropuerto de Opa-Locka o al Centro de Detención de Krome (una desahuciada base de cohetes).

En Cayo Hueso todo parece tan familiar como ausente. Todo es nuevo. El mar es el mismo, pero no es igual; es transparente, cristalino. Ariel lamenta no poder decirle adiós a Ángela, pero no debe despistarse.

En Orange Bowl pasa un par de días bajo carpas y un continuo trasiego de personas. Luego le envían a Opa-Locka. El procesamiento se produce en español. Los oficiales insisten, a pesar de que unos pocos intentan dirigirse a ellos en inglés. Saben que aquella masa excede con creces la capacidad de una embajada, pero les conceden el derecho de empezar una vida desde cero. Fidel Castro se las ha colado. Les fascina el nivel de escolaridad de muchos. Les impresiona la desconfianza de todos. Les sorprende la perversidad del gobierno de Cuba. Les tratan como personas; ni siquiera conocen cuáles son sus derechos fundamentales, pero ellos no están ahí para explicárselos; solo para darles la bienvenida y desearles el mejor futuro posible. Ellos no son los que tienen la llave, son los que ayudan a cruzar la puerta. Ariel recibe un documento al que llaman *Parole*, no sin antes someterse a un examen médico, dejarse fotografiar, imprimir sus huellas dactilares y llenar los largos cuestionarios preparados al efecto. Debía ser entregado a sus familiares, pero él no tiene familiares en Florida. Él debía ser reclamado por un patrocinador (individual o institucional) así que le llevaron a un gimnasio para seguir a la espera. A otros sin familia, como él, les acomodaron en iglesias, estadios, hoteles; e incluso en tiendas de campaña debajo de los puentes de las autopistas. Podía salir, "pasear", mientras esperaba su reclamación, pero no debía alejarse demasiado en un mundo del todo desconocido. Podía leer. Podía hacer ejercicios. Podía esperar y lo hizo. Esperó hasta que un día un tipo gritó: *Mariel*, y él apenas reaccionó. *Tú mismo*, le dijo, *hay un tipo en la oficina que te reclama. Se llama Chad Capestany.*

A M-Ariel, le sonó el nombre, pero no lo ubicó hasta que vio al rubio alto y curtido, capitán del *Lady Madonna*. Allí estaba sonriente, esperándole para devolverle el favor. *Me ha costado mucho encontrarte*, dijo. *Me lo he pensado bien, pero creo que podrías trabajar para mí.*

El rubio condujo entre enormes avenidas atestadas de tráfico, luego por calles menos transitadas y por último, llegó a lo que le pareció un adorable barrio americano, de esos que tantas veces había visto en películas con casas unifamiliares modelos, árboles enormes y grandes espacios para todo. Una casa de dos plantas de color azul merengue, emergía detrás de una enorme verja, un cuidado césped y un portal espléndido. La puerta blanca, decorada con rombos del mismo tono que las paredes, se abrió ante él y surgió la maravilla. Al entrar pudo ver dos jóvenes idénticas, de aproximadamente su misma edad, acomodadas en el sofá. Masiel y Leisam, se presentaron. *Son mis hijas*, dijo Chad y continuó, *Ariel es un marielito... a ver cómo sale el experimento*, y lo dijo como si no estuviera presente, como si no le importara.

Ariel no tenía nada que perder. No era el inicio que había considerado para estrenarse en USA, pero de momento tendría trabajo y aunque Chad parecía rudo, salvaje, insensible, en realidad había tenido el detalle de recogerlo. Él decidió hacerse invisible, no perturbar lo que sea que tuvieran allí por costumbre y adoptar a las gemelas por hermanas.

Ambas le gustaban por igual; no podía negarlo. Pero en breve descubrió que eran dos seres completamente diferentes. Leisam era artista (aunque no supiera muy bien por qué). Masiel era economista (aunque tampoco sabía muy bien a qué se dedicaba). Él era mecánico y eso hacía. Se encargaba de mantener operativos todos los vehículos (marítimos y terrestres) propiedad de Chad. Aprendió con facilidad, con las herramientas adecuadas todo es más fácil, y Chad acostumbró a él demasiado rápido, más bien incrédulo.

Su mal genio le hacía "chocar" demasiado a menudo, con demasiadas personas, pero no con Ariel, al que todos llamaban Mariel. El núcleo familiar no era demasiado estable. Leisam se ausentaba con frecuencia largos períodos de tiempo y, excepto Masiel, allí no había más figura femenina. La madre de familia se enteró con el tiempo, los había abandonado hacía años; aunque sobre Chad aún sobrevolaba la sospecha de un crimen. Chad era americano, no la madre de las criaturas que, aunque las parió en Florida, las crio como si vivieran en La Habana. En realidad, Miami era, en cierta medida, un trozo de La Habana copiado a medida del recuerdo.

Se adaptó sin muchas dificultades a su "nuevo hogar". Se llevaba bien con Chad; también con las chicas, en realidad, nunca estaban. Masiel tenía serios problemas con su novio y Leisam con la adicción. A veces aparecía por allí y, aunque estaban comprometidos, atufaba a separación. A veces hablaban. A veces Masiel se le acercaba, como los gatos, y charlaban de cosas intrascendentes. Aunque le gustara, Mariel era el mecánico de su padre y ella estaba comprometida. Así fue, más o menos, hasta el día en que, aburrida y curiosa, se deslizó en su habitación y hurgó en sus cosas. Había pasado casi año y medio y Mariel seguía siendo una incógnita, cada vez más atractiva. Sabía que no estaría. A esas horas nunca estaba. Así que registro sus cosas con sumo cuidado de no ser descubierta. No había revistas porno, ni *playboy*, ni almanaques de mecánicos. Todo estaba ordenado y limpio. Había una máquina de escribir sobre una mesa que no reconocía. No recordaba haberla visto nunca. Era casi del mismo azul pastel que bañaba su casa. Solo eso, un folio en blanco al lado y un lápiz de grafito encima; nada más. Sospechó que Mariel escribía. No había oído ni un solo ruido de aquellas teclas, pero su habitación estaba lejos de la suya y ella estaba demasiado entretenida con su aburrida vida.

Mariel escribía. Buscó cajón por cajón sin éxito, pero no se dio por vencida. En la librería había un largo estante con cajas de cartón tamaño folio. Allí estaba el secreto escondido. Mariel era escritor.

Abrió la primera caja, *Casa Blanca*, leyó en el primer folio. Los sacó con el celo de no ser descubierta y comenzó a leer. Masiel era una buena lectora. Lamentó no haberle prestado ni un solo libro. ¡Ni siquiera sabía que leía! Aquel hombre que la seducía con su delicadeza era un verdadero misterio. Todo era maravilloso. El tiempo voló, su cabeza se perdió, su cuerpo tembló. Aquel hombre accionaba cada músculo y glándula de su cuerpo en perfecta orquestación hasta donde ya no era capaz de recordar. Aquel texto le hizo reír, le hizo llorar, le encogió el corazón, le humedeció los labios. Aquel hombre era su Dios. Leyó y leyó hasta que sintió pasos y tuvo que apresurarse para ocultar su falta. Cuando se disponía a salir de la habitación, casi tropieza con Mariel. Sabía que era él, pero no pudo evitar asustarse.

–Hola –le saludó como siempre, aunque pareciera de improviso.

–¿Qué tal Mariel? Pensé que ya estabas aquí y quería invitarte... a una cerveza, en la piscina... si te parece bien... claro –Ariel sonrió. Era su forma de sorprenderse, de decir que sí, sin asustar. Lo cierto es que, aunque habían tomado más que alguna cerveza juntos, jamás le había "invitado". Siempre surgía, de alguna manera, la oportunidad; como cuando abría una en la puerta de la nevera y le ofrecía: *¿quieres?* Ariel sabía que aquella visita a su intimidad era extraordinaria.

–Claro, ahora mismo. ¿Te metes? –le preguntó para provocarle un poco más. Mariel se ruborizó–. Para saber si me pongo la trusa o no –Entonces sonrió aliviada.

–Si –dijo–. Por qué no.

En esa pequeña expresión todo estaba dicho. Por qué no arriesgarse. Por qué no dejarse llevar. Por qué no liberarse.

Mariel sabía a qué había ido. No hacía falta investigar, ni averiguar, ni perder tiempo. Su momento había llegado.

Se vieron en la piscina y bebieron y charlaron y se miraron como nunca. Era como si ese año y medio no hubiera pasado. Como si hubiese estado con los ojos tapados y los descubría. Alrededor de las ocho llamaron a la puerta. Ella salió del agua, se colocó la bata y fue a atenderla. Era su novio. Discutieron. En realidad, él discutió. Estaba furioso porque no atendía al teléfono, porque se notaba distante. Ella apenas habló. Solo dijo: *No vuelvas por aquí. No quiero volver a verte nunca más. Ni me llames. Hazte la idea que he muerto.* Ariel pudo entenderlo, aunque no fuera capaz de leer sus labios. Se quitó el anillo y se lo dio, cerró la puerta tras él y regresó al agua.

–¿Dónde lo dejamos? –preguntó; pero era una pregunta retórica. Era solo una forma de empezar desde cero–. Se acabó. Soy libre. Ya me puedo casar contigo.

Ariel rio su chiste, pero Masiel iba en serio. Ella no era buena en metáforas, ni delicadezas. Aquella noche Ariel descubrió que estaban hechos uno para el otro, aunque no lo supieran.

Días después ocurrió el milagro. Masiel le dijo que iba en serio y le pidió matrimonio. Ariel creía estar seguro, pero de repente todo parecía demasiado acelerado. *Ni siquiera nos hemos acostado*, acertó a decir. *Cierto... tienes razón*, reaccionó ella. *Ven*, le dijo tomándole de la mano y subieron a su habitación. Se desnudó ante la mirada atónita de su apenas "novio". *Hagamos el amor*, dijo, *como Dios manda. Soy tuya, toda tuya.*

Mariel apenas tuvo tiempo de reaccionar. Masiel le besó, le desnudó, le acarició y le hizo el amor hasta que no pudo más. Ya no podían seguir, pero no podían parar; así que se acurrucó entre sus formas, se enredó entre sus brazos y, casi dormida, preguntó: *¿Qué dices ahora? ¿Te casas conmigo o no?*, justo antes de quedarse rendida pudo escuchar su respuesta, casi como un susurro: *Sí.*

hereje

Del occit. *eretge,* este del lat. tardío *haeretĭcus,* y este del gr. αἱρετικός *hairetikós.*

1. m. y f. Persona que niega alguno de los dogmas establecidos en una religión.
2. m. y f. Persona que disiente o se aparta de la doctrina o normas de una institución, una organización, una academia, etc.
3. adj. Indisciplinado, díscolo.
4. adj. coloq. Ven. Dicho de una cosa: Grande, abundante o intensa.

estar hereje
1. loc. verb. coloq. *Cuba.* Dicho de una persona: Ser o estar fea o poco atractiva.
2. loc. verb. coloq. *Cuba.* Dicho de una cosa: Ser de mala calidad.
3. loc. verb. coloq. *Cuba.* Dicho de una situación: Estar muy difícil, especialmente en el aspecto político o económico.

El hombre anfibio

La bomba definitiva se llamaba Xiomara, estudiaba ingeniería y se sentaba en la silla de al lado de Amado. Casi a finales de octubre, primeros de diciembre, en los últimos estertores del año ochenta, cayó la bomba. Pasaban mucho tiempo juntos, incluso mucho más que Amado y Migdalia. Se llevaban demasiado bien y.., se gustaban. A su edad, el amor es más complicado que el álgebra o el cálculo diferencial e integral. En lo segundo los dos seguían sobresaliendo; en lo primero estaban suspensos.

Armando se mostraba como una máquina de Turing en pleno Solaris. Amado parecía desubicado; había perdido las coordenadas de su península y se hundía en el pantano de su isla, en una especie de mar ahogado de sargazos. Migdalia ya no llevaba sayas vaporosas con flores, sino ropa de mujer cansada y Leda había recuperado una vitalidad y lozanía que contrastaba con el resto como el escudo-bandera bordado en su mono deportivo naranja, blanco y azul pastel.

El cuarteto estaba dividido en cuatro y dos de sus partes coqueteaba con fusionarse fuera. Aún así acudieron juntos al Fausto para ver *El hombre anfibio*, una especie de humano que decide abandonar su hábitat natural, el mar, para conquistar a su amada. El hombre rana no emocionó a ninguno. El cine no estaba tan vacío como de costumbre.

Se sentaron uno al lado del otro en el centro adelante. De izquierda a derecha, frente a la pantalla, Migdalia, Amado, Armando, Lena. No hubo manos, ni tocamientos, ni miradas. En lugar de un cine, parecía que todos compartieran una pecera gigante junto a aquel reptil verde y feo al que su padre, para salvarle y que pudiera respirar, le había trasplantado las agallas de un tiburón. En la hora y media que dura el filme, el extraño ser salva a una bella dama del ataque de un tiburón de verdad y, después de una serie de equívocos, y de su empecinamiento repentino por conocer el mundo se lanza a buscar a su salvada. Por supuesto, los dos se enamoran perdidamente; pero, para estar juntos por siempre, deben salvar un pequeño inconveniente: el hombre anfibio no puede vivir mucho tiempo fuera del agua. Tras mucha angustia... конец alumbró la pantalla y todos salieron en fila intentando sacar el agua contenida en sus pulmones.

Amado se sintió hombre-anfibio, solo que la jovencísima dama salvada no era Migdalia sino Xiomara. Migdalia se sintió como la dama salvada, solo que fue obligada a casarse con un hombre normal al que no amaba. Leda y Armando no sintieron nada, ni siquiera el placer de ser alga y moverse a merced del océano. En las películas de Tarkovsky las escenas parecían más imágenes fijas que imágenes en movimiento, pero después de ellas, todo parecía una maldición.

Cada uno siguió su curso, algunos juntos, otros separados. Iba formando parte de un estúpido ritual que cada vez tenía menos sentido. Durante su camino, Amado pensó que debía abandonar el mar, a riesgo de ahogarse.

–No puedo más –dijo–. Se acabó.

Migdalia se echó a llorar pese a que era un final tan inevitable como la victoria de la Gran Guerra Patria. Fue algo que ya había sucedido, que solo debía ser recordado y aceptado. Habían perdido. Atrapar la espontaneidad supone matarla. Su relación había sido asesinada por sus padres, por su inmadurez, por su estadio, por quién sabe qué.

Hay cosas que funcionan y cosas que no. Nadie puede explicarlo. Que algo funcione es mágico, que se mantenga funcionando... es milagroso. Requiere de tanto empeño como de ninguno. *Su debilidad es una gran cosa*, dice el Stalker, *y la fuerza no es nada*. Requiere de un esfuerzo enorme sin esfuerzo. Es difícil de explicar. Armando le pregunta a su madre y ella no responde. Está claro que ella lo sabe. Ha pagado muy caro el precio de no saberlo. Le pregunta a su hermano y este le contesta: *Todo puede alcanzarse con el brazo, pero el brazo tiene que ser muy largo.*

Amado llegó solo al día siguiente, cuando se suponía que Armando estaría de vuelta del hospital. Amado solo quería comprar tiempo; algo que Armando sabe gestionar muy bien. Armando no va a preguntarle por su mujer, ni por su amada. No merece la pena. Intuye que todo ha vuelto a una extraña normalidad. Se ha quemado una etapa. *Lo que se ha endurecido nunca ganara*, le susurra su hermano. Está sentado allí con ellos en el pequeño portal, meciéndose en su sillón preferido, pero Amado no puede verlo. Los tres miran hacia el hospital donde las ramas de los árboles se estremecen siguiendo una lenta coreografía. No hay más sonido que el de la noche. El agua plateada del océano brilla en algunos puntos del firmamento, mientras las yerbas se preparan para proteger la tierra del frío oscuro que llega de la bahía.

Amado sabe por qué Leda le abandonó. Se lo contó Migdalia. *Aquí no hay direcciones rectas*, solo curvas que se saben donde empiezan, pero no donde terminan. No se lo dirá porque él también lo sabe. Supone que está avergonzado y su mayor prueba de amistad es no sentirse avergonzado. Es sentarse a su lado, para aliviar su desazón. Armando siempre imaginó que no habría final feliz. A veces ni siquiera hay principio. Todo es un continuo donde se enrolla la felicidad. Todo es un flujo que hay que dejar fluir.

Las penínsulas son así, se extienden hacia el otro lado como un continuo. Las islas y los continentes no superan su discontinuidad. No pueden verse entre ellas. Una es demasiado pequeña. Otra es demasiado grande. No hay perspectiva para las dos. Es la diferencia entre la humanidad y el hombre.

Ahí están los dos juntos. Ahí está el hermano y la madre y la noche. Ninguno quiere hablar de sus sentimientos. Los que han probado la felicidad no han sobrevivido para escribirlo. Armando cree saber el secreto, pero no está seguro. No siempre es feliz. Intuye que la felicidad es algo de uno, no de dos, ni de tres, ni mucho menos de millones; pero no está seguro del todo. Todo está conectado. De una manera u otra todo es un flujo sin principio, ni final. Amado cree que la felicidad es Xiomara, que antes, cuando creía que era Migdalia, estaba equivocado. Pero ¿cómo puede estar seguro de estar en lo cierto? ¿Cómo puede saber que no se trata de otro error? *Puede que solo sea feliz el que está bien como está,* opina el hermano, pero nadie le escucha. Armando puede oírle, pero en ese mismísimo momento se pregunta cómo sería nadar bajo el océano al que mira con branquias, sin tener necesidad de salir a respirar. Está tan sumergido en sus pensamientos que no puede oírle. En el mar todo es silencio: *El mundo silencioso.*

Amado se retira antes de la medianoche. El teléfono de Armando hace tiempo que no suena. El silencio es buena compañía. El silencio ayuda a responder sus preguntas. Pero el silencio inquieta. Debería haber recibido una llamada de su hermano. Debería sonar, aunque sea solo para enterarse que todo va bien. Él puede verlo merodear por la casa por las noches, incluso a veces durante el día, pero sabe que no puede ser él. Son más las ganas de que sea él quizá, o algunos de los misterios para el que no tiene respuestas. Su madre tampoco opina nada. El doctor Ceballos no le ofrece demasiadas expectativas. Ahora solo habla del síndrome neuroléptico maligno y de la catatonia letal como variantes malignas hipo e hipercinética, respectivamente.

Armando sigue sin entenderle en profundidad, pero sabe que son malas noticias. El conjunto "no maligno" ha desaparecido de su vocabulario mientras su madre sigue jugando al escondite inglés. Él sabe que nada puede hacer. Solo despertarse y seguir. Algunos creen que debe estudiar. Él lo disfruta y lo que es placer, no puede ser deber. O quizá si, cuando coinciden deber y placer, quizá ese es el secreto de eso que no puede explicar y que todos llaman felicidad. No puede o no quiere, porque hay cosas que cuando las explicas... mueren.

Estos momentos tan valiosos

Después todo se precipitó; como si cayese un pedrusco en el lago. Todo se sumergió sin remedio hasta llegar al fondo. Abriste una cuenta en Telegram y me invitaste a unirme. Leisam te había asegurado que era seguro, que ahí estaríamos a salvo de Miguel y del resto del mundo; ahí podía pasar cualquier cosa. Después de aquel abrazo, las palabras amor, belleza, etc., se repetían en cada frase, cada día, varias veces al día.

Estoy temblando, derretida.

Deseándome?

Quiero saber cómo saben tus besos, cómo suena tu cuerpo cuando vibra.

Tengo un nudo en la garganta, pero no es de susto.

Quiero sentirte y no dejar de sentir.

Es una sensación rara, extraña.

Para mi también. He tenido otras aventuras, pero esta es muy diferente.

Esta a veces me da miedo.

Quiero pararla, pero no puedo.

No tengo fuerzas suficientes.

Qué pasa si no sale? Perdería tu otra parte? La parte que amo y no deseo?

No vas a echar nada de menos.

Para mí todo esto es nuevo.

Tranquila.

No se trata de cambiar una parte por otra; sería ir más allá.

Estoy nerviosa, pero no quiero dejar de estarlo.

Es agradable. Me encanta cómo eres.

No estaba preparada para más, pero soy directa. No tendrás dudas.

Voy a descansar, con Miguel.

Buenas noches.

Descansa, descansa antes de que te cuente las cosas que quiero hacerte.

Así fue nuestro primer chat privado de Telegram. El primero María, después vinieron cientos de líneas y fotos y vídeos; por ese orden. Después te aseguraste que nada iba a cambiar, pero todo sería diferente y fuiste tú en estado puro. Quería besarte, podía intuir el sabor de tus besos. Quería meter mi lengua en cualquier recoveco que te estremeciera. Quería forrarte de saliva. Quería mojar cada poro de tu piel. Quería que te derramaras y que me derramara. Quería beberte y que me bebieras, comerte y que me comieras, respirarte más que olerte y quería que desearas lo mismo, que te vistieras de mí, que te rindieras, que suplicases que parase.

Ahora mismo ya no puedo más... hasta que te vuelva a ver voy a soñar contigo... aunque se que la realidad puede superar a la ficción

Quisiera sentirte encima de mí... besándome... poder quitarte la respiración en un solo beso.

Me quieres matar.

No, todavía no... falta que me llenes, que me agotes.

Eso quieres? Quieres que te deje exhausta?

Si, por favor.

Después te masturbaste, María. Te corriste con el micrófono abierto, grabando para que pudiera escucharte. Mi cerebro se quedó sin sangre y yo también me vine. Fue maravilloso. *Se queda el audio para la eternidad*, escribiste.

154

Yo no podía dejar de pintarte, de vaciarme. Te enviaba esos pequeños bocetos con trozos de palabras de lo que quería decirte y tú te emocionabas y llorabas. *No vas a soltar prenda, verdad?* Me preguntaste, pero ya sabías la respuesta y sabías también que tú tampoco y te encantaba y nos mandábamos música y disfrutamos así, poco a poco, entre líneas, dibujos, fotos y vídeos, lejos de Miguel y del resto del mundo. Tú te perdías. A cada rato te perdías. Tu mente se conectaba de tal manera que ya eras incapaz de leer, de concentrarte y, aunque te asustó un poco, aprendiste a controlarlo. *Parece que solo pienso en ti*, me dijiste, *y me preocupa que los demás lo lean*. No teníamos prisa. Teníamos la vida por delante. Teníamos el secreto mejor guardado. *Eres una persona especial. Me honra que te guste*, escribiste y me gustabas María, me gustaba mucho y tú eras mucho más especial. Tú eras desinhibida, sincera, pura.

Quiero mirarte sin pudor... quiero derretirme sobre ti. Ya va quedando menos.

　　　　　　　　　　　　　　　　　　Menos para vernos?

Eso espero.... tengo poca paciencia.

　　　　　　　　　　　　　　　　Y me pides paciencia?

Si.

　　　　　　　　　　　　　　　　　　Muy coherente.

Lo sé... me perdonas, por favor?

　　　　　　No, no te perdono. Cómo puedo perdonar tu magia?
Estoy muy lenta. Quieres que te envíe una foto?

　　　　　　　　　　　　　　　　　　Si, por favor.

Porque era eso, María, magia. Era algo tan extraño, tan tierno, tan verdadero. Estabas preocupada. No creo que por Miguel, sino por ti misma y querías controlar la situación, querías registrar todos los pro y los contra, cuantificar todos los daños colaterales. Sabías que eras un misil. Querías despreocuparte y ser tú y no podías evitarlo. Te desesperabas en tus propias contradicciones. *Es muy simple*, te escribí.

Tú me gustas. Yo te gusto. Tú tienes tu vida. Yo tengo la mía.

Tú quieres ser feliz. Yo quiero ser feliz. Todos queremos ser felices.

Quiero disfrutarte, como supongo que tú también quieras disfrutarme.

De mí, no tienes que protegerte. Yo solo puedo cuidarte.

Así parece fácil, pero... Pueden darse situaciones delicadas.

Puedo morirme... Es una posibilidad.

Puedes gustarme demasiado.

Puede acabarse el mundo.

No tengo miedo, ni voy a romper mi relación... No quiero sufrir.

Sufrir? Crees que te haré sufrir?

No puedo permitirme engancharme a alguien que no sea mi marido y no tenerte, de solo imaginarlo, me duele...

No quiero tristeza, ni dolor, ni vergüenza.

No tienes que engancharte, solo disfrutarme.

Después de comer lo que más te gusta... Sufres?

No.

Pues es parecido.

No es lo mismo.

El amor es raro.

Tiene muchos caminos, pero el único camino sano es el de la libertad.

No te quiero para mí. Solo quiero darte una parte de mí.

Me encantas. Voy a disfrutarte sin angustia,

pero necesito protegerme un poquito; aunque no sea necesario.

Ten paciencia.

La tengo. No tengo prisa.

No quiero arrepentirme de nada.

No quiero equivocarme.

No quiero ser un error.

Tú eres un regalo.

Me encantas.

Solo puedo decirte eso... aunque no alcanza para expresar lo que siento.

No te pienso, ni deseo, con egoísmo.

Te disfrutaré lo que pueda, mientras pueda.

Siempre serás especial para mí... ya lo eres.

Incluso si no hubiera nada más, si este fuera el fin... ha sido maravilloso.

Plop!!!

Plop?

Te adoro.

Tú eras virgen. Yo era virgen. Siempre se es virgen en algo. Nuestras mentes habían follado y nuestras almas se abrían como un libro que de tanto guardar secretos, termina siendo un secreto. Tú y yo éramos un libro y Telegram, de alguna manera, contenía sus páginas para que solo tú y yo pudiéramos releerlas. Los sentimientos no tienen propiedad. Se resisten a la pertenencia. Todo es tan efímero como un vaso de agua. Por un momento es real. Produce satisfacción y alivia la sed, pero desaparece. Solo queda el recuerdo. *Hay que aprovechar estos momentos tan valiosos*, escribiste y tenías razón. Yo escribí: *puedo morirme... es una posibilidad*; sin imaginar que tú estabas a punto de morirte y que aquellos momentos, como cuando nació mi hijo, fueron los más valiosos de mi vida.

El que vive de recuerdos arrastra una muerte interminable.

Semanas después Leisam apareció por la casa y vino a felicitar a Mariel. Hablaban poco; siempre agradable, siempre deliciosa, siempre ocurrente, siempre perdida. *La muerte es una forma vergonzosa de alcanzar una felicidad natural*, dijo un rato después.

–¿Es tuyo? –le preguntó Mariel.

–Eco.

–¿Umberto Eco?

–Si, últimamente estoy muy ocupada con los excesos... ya sabes... los fanáticos.

Sabía que Leisam no estaba bien. Solo había que verla. Apenas aparecía por la casa y cuando lo hacía, rara vez no estaba colocada. Se alegró "de verdad"; fue la expresión que usó.

Jamás se habló del ex compromiso de Masiel. Mariel comenzó a dormir en su habitación y siguió escribiendo en la ex suya. Chad se comportó como si viviese en otra casa, como si no fuera con él, o como si nada hubiera cambiado. Su relación con Mariel ni se estrechó, ni se encogió. De alguna manera, el "experimento" había salido bien; al menos, eso parecía. Pasaron otros cinco cortos años, donde la única novedad era la cada vez más frecuente aparición de Leisam por la casa; cada vez sus estancias fueron más largas y sus ausencias más cortas.

Leisam se comportaba con Mariel como si ella también fuese suya; sin que a Masiel le importara. Leisam era de menos palabras; más bien de palabras exactas. Un día anunció que dejaba, definitivamente a su novia, a la mariguana, al vodka y a cualquier obsesión y volvía a casa. *Ahora aquí todo es diferente,* explicó y luego dijo, *me gusta estar aquí, en mi casa.*

Pero el año que Leisam regresó, ocurrió la primera desgracia. Chad le pidió a Mariel que se casara con su hija. De alguna manera lo hicieron aquella primera noche que tuvieron sexo. Quizá por eso no volvieron a hablar del tema, pero Chad se lo pidió expeditamente y Mariel se lo consultó a Masiel. *¿Aún te quieres casar conmigo?,* le preguntó. *Por supuesto, te recuerdo que fui yo quien tomó lo iniciativa.* Mariel no le recordó que habían pasado más de cinco años. *Yo lo arreglo,* dijo, *a no ser que quieras fiesta, palacio, sesión de fotos y todas esas...* Mariel sonrió y una semana después estaban los cuatro ante un juez, contrayendo un matrimonio civil.

Nada cambió en lo que quedaba de aquel quinto año de su nueva vida hasta que Chad confesó su secreto mejor guardado. Estaba enfermo, de una enfermedad terminal: cáncer de próstata. Lo anunció a su manera. Bajó al salón con un montón de papeles, los extendió sobre la enorme mesa de comedor, y les llamó. *Solo será un momento,* dijo y a continuación soltó la bomba. Nadie lo sospechaba. No parecía que fuera tan grave, ni siquiera que estuviese enfermo, pero sí lo era. Se había sometido a un tratamiento tan caro como la más grande de sus embarcaciones, pero fue inútil. Al principio parecía que sí, pero en breve resulto que no; a veces esta enfermedad es persistente y se encarna en una persona y no lo deja hasta destrozarle. No había nada que hacer. En aquellos papeles dejaba todo su legado a sus hijas y también a Mariel. Es curioso que aquel rubio gruñón reservara todas sus máquinas para una persona a la que, solo de vez en cuando, sacudía el hombro golpeando con sus manazas, todo su cariño. Nadie dijo nada.

Nadie lloró. Los cuatro se estrecharon junto a la mesa como si se despidieran, como si quisiesen contraer parte de la enfermedad para eximirla del viejo. Las hijas le abrazaron al unísono, luego Mariel y tres segundos después Chad se separó con una prisa que no tenía. Cada uno se retiró a un rincón a llorar por dentro, en su intimidad. Así fue como se enteraron y así fue como le despidieron apenas un mes más tarde en el Ferdinand Funeral Homes & Crematory.

Mariel se convirtió en capitán, pero él nunca fue lobo de mar. Él solo quería volar y lo hizo. Durante otros cinco años fue publicando una a una todas sus obras y, a punto de publicar la última, una editorial contactó con él y le ofreció un suculento adelanto para que escribiese para ellos. Masiel siguió trabajando en el distrito financiero, siguió leyendo como una loca, excepto las novelas que escribió Mariel. Leisam se mudó definitivamente con ellos y, después de descubrir el método pilates y convertirse en experta, montó un pequeño centro con un nombre corto y simple: *Paz*.

La vida siempre sigue, esté quien esté, se vaya quien se vaya. Es como una especie de autobús donde unos suben y otros bajan, pero nunca se detiene. Lo que sea que sea la felicidad viaja en ese autobús. Nadie sabe en qué asiento, si en el suelo o en el techo, pero ahí va, la vean o no. Los tres se amaban. Se podría decir que los tres se amaban, aunque solo el matrimonio tuviera sexo. Mariel tenía dos cuerpos iguales con dos almas diferentes para amar. En esa casa azul pastel jamás hubo celos, engaños o enfados; pero Chad no se fue con lo puesto. Parte de Masiel, acuciada por algo ajeno en forma de cansancio, pereza, o abandono, se fue con su padre. Nadie lo notó. Nadie se percató. Ni siquiera su hermana gemela, adelantada a sus pensamientos, pudo verlo. Ni siquiera su marido al que se entregó del todo, pudo notarlo. Ni siquiera ella a la que algo le dolía, pudo apuntarlo. Todo transcurrió en la más absoluta felicidad hasta el día en que Masiel se precipitó al vacío.

Mariel recogía el desayuno y Leisam pasaba la aspiradora cuando el teléfono sonó. Masiel no habló con nadie de la oficina. No escribió en ningún papel. No se quitó las gafas. Abrió la ventana y saltó como un albatros. No dejó marca en el pavimento, solo un enorme cráter en la vida de Mariel y Leisam. Desde ese instante preciso, se preguntarán hasta la saciedad: ¿por qué?, pero nadie responde, nadie sabe, como detrás de ese número de teléfono en La Habana al que Mariel llama, solo hay silencio.

Los héroes ur-fascistas solo aspiran a la muerte. El lema de los falangistas fue *¡Viva la muerte!*, el de la Revolución es *¡Patria o muerte! El héroe ur-fascista*, dice Eco, *está impaciente por morir, y en su impaciencia, todo hay que decirlo, consigue más a menudo hacer que mueran los demás*. Mariel es un hombre normal, al que le han dicho que la muerte se encara con dignidad. Leisam es una mujer creyente a la que le han dicho que la muerte es una forma dolorosa de alcanzar una felicidad sobrenatural. Pero nadie puede saber lo que es la muerte si no se ha muerto y la dignidad y la felicidad sobrenatural solo son palabras, a ratos pretenciosas, a veces vacías. Mariel y Leisam no saben lo que es la muerte. No quieren saberlo. Masiel no sabe lo que es la muerte. Está muerta, como Chad, como la madre de Mariel, aunque este no lo sepa y, como no lo sabe, no alcanza a dolerle. La muerte no es nada especial, es solo una putada innecesaria e imprescindible. Mariel no es héroe; Leisam tampoco. Los héroes solo viven en la mitología, porque el heroísmo no es morirse, sino mantenerse vivo; a pesar de los muertos; a pesar de los héroes.

Amigo entre mis Enemigos

La última semana de diciembre Armando fue llamado a su despacho por el profesor de física.

–¿Qué tal Armando?, ¿cómo está? –le dijo en forma de saludo mientras le tendía la mano.

–Bien.

–¿No tienes algún problema, inquietud, algo que quisieras contarnos para poder ayudarte? –Armando lo pensó, pensó qué podía ser considerado como un problema para el cual el profesor de física podría tener una solución, pero no encontró nada digno de contar. Su madre no era un problema, su hermano tampoco. Todo es una cuestión de perspectiva.

–No.

El profesor estaba incómodo. Su silla no era, sin lugar a duda, un ejemplo de sofisticación y ergonomía; pero estaba claro que su incomodidad no era física, sino de otro tipo; de algo más volátil e indefinido.

–¿Tiene novia?

–No.

–¿Ha tenido?

–Si –fue entonces cuando el profesor se levantó de la silla y se acercó a la ventana sin mirarle a la cara, fue entonces cuando se desveló su verdadera incomodidad–. Sabe que mentir es muy grave... –aconsejó en forma de amenaza.

–No miento. Tuve una novia y ahora no tengo –Armando quiso gritar ¿A qué viene todo esto?, pero no lo hizo. Sabía que no era solo perder el tiempo, sino admitir cualquier culpa que quisieran colgarle.

–¿Es usted homosexual? –desveló, por fin, después de tanto rodeo.

–Creo que no.

–¿Cree que no? ¿Cómo que se cree que no?

–He tenido una novia, no un novio.

–¿Su novia era, es, homosexual?

–No.

–Mire, le voy a explicar sin rodeos –dijo volteando todas sus cartas. En definitiva, no tenía todo el tiempo del mundo; ni quería perderlo–. Nos ha llegado información de que usted es homosexual y eso, como debe saber, no es digno de un revolucionario. Supongo que habrá leído la consigna que preside nuestra universidad. "La Universidad es para los revolucionarios". Así que si usted no es revolucionario, no es digno de seguir en nuestra universidad –Armando persistía inmutable. Sabía permanecer catatónico por tiempo indefinido–. Sabemos que su hermano no es revolucionario; sin embargo, por su excelente expediente le admitimos en la universidad; pero...

–Profesor. Se supone que...

–No me interrumpa –interrumpió con autoridad–. Vivimos un momento... complicado. El enemigo no descansa. Nunca descansa. ¿Sabe lo que sucede en Polonia? –preguntó a sabiendas de que era una pregunta retórica porque ni en la prensa, ni en la televisión, había leído, oído o visto o ambas cosas, noticia alguna de Polonia–. En Polonia la contrarrevolución ha llegado demasiado lejos. Eso aquí no va a ocurrir...

Mientras el profesor hablaba sin interrupción de lo que luego fue el germen para derrumbar el muro de Berlín y el bloque socialista, en eso no se equivocaba, Armando intentó comprender si su dubitativa preferencia sexual   era una especie de semilla de la que germinaría una huelga en el astillero de Casa Blanca y terminaría con la inquebrantable Revolución. Intentó ver si el profesor era atractivo, si le gustaba, si podría sacarle el pene allí mismo, mientras descargaba aquella arenga política y succionarlo hasta limpiarlo por dentro. Se preguntaba cuál sería la última palabra que soltara junto con el chorro de esperma. ¿Dios? ¿Sería Dios? ¿Fidel? ¿Sería Fidel? O sería ¡Viva la Revolución! Mientras aquel hombre desvariaba, Armando pensó en el primer pene que introdujo en su boca, en el primero que introdujo en su ano, en el primer niño que le gustó, en el primero del que se enamoró, en el primero que le correspondió, en todos sus secretos. «¡Todo el mundo tiene secretos, imbécil!, es un derecho. Hasta los revolucionarios tienen derecho a tener secretos. No todos los secretos son secretos de estado. Si cualquier secreto puede hacer tambalear a la Revolución habría que revisar los cimientos sobre los que se apoya, no los secretos que la soplan. Yo no soy ni siquiera un ladrillo. Soy un simple individuo, imperfecto, maricón, que quiere ser ingeniero. Nada más. No soy una isla, ni un continente. Soy una península».

–¿Lo entiende?

–Si, lo entiendo –respondió interrumpiendo sus pensamientos, sin saber con exactitud qué entendía.

–Convocaré la asamblea para el próximo viernes. Allí nos veremos –terminó y no le ofreció su mano en signo de despedida, como había hecho al llegar; sino que empezó a recoger unos papeles sobre el escritorio que ya estaban demasiado ordenados y luego levantó el auricular del teléfono y marcó un número imaginario y siguió hablando.

Armando salió de su despacho sin entender muy bien si se desplomaba un trozo de cielo o moriría aplastado entre su cielo-tierra y su tierra-cielo. No fue a clases. No habló con Amado. No dijo nada. Se fue a la parada y cogió la primera guagua que llegó, una 190. Todos los caminos llegan al Parque Central. Llamó a Leda desde el primer teléfono público que encontró. Por fortuna estaba en casa. Por fortuna descolgó. Por fortuna le habló. Quedaron en el cine Arenal para ver *Amigo entre mis enemigos*.

Se sentaron juntos, en el centro del cetro, como en los viejos tiempos. Shilov, un soldado del Ejército Rojo es sospechoso de haber robado oro. En los años 20, la miseria y el hambre llevaron al Gobierno Soviético a buscar oro por todo el país para comprar pan en el extranjero. Algo similar pasaría pronto en aquella sociedad que el gobierno se apresuraba en depurar; en mantener lo más lejos posible de Solidaridad. Sin embargo, las joyas requisadas desaparecieron de un vagón blindado y especialmente vigilado, cuando eran transportadas en un tren a Moscú. La historia, sea rusa, o cubana, o polaca, siempre es similar porque los protagonistas siempre son los mismos. Detrás de cada funcionario hay un hombre. Detrás de la masa hay miles y millones de individuos. Los rusos lo infravaloran. Los americanos lo sobrevaloran. Los cubanos lo ignoran.

Durante la proyección no hubo arrumacos, pero Leda se permitió la licencia de coger su mano. La agarró como una niña que empieza el cole agarra la de su amiguito o amiguita. Armando se dejó agarrar. Él era Shilov, el sospechoso, el infiel, el hereje. ¿Cuántos sospechosos están con la Revolución? ¿Cuántos infieles? ¿Cuántos herejes? Vieron la película en la más absoluta intimidad. Luego deambularon sin prisas hasta que encontraron un parque, con un banco, con suficiente sombra, ya al límite de del reparto Miramar. Armando pensó cómo contarle la conversación que se perdió. ¿Cómo pedirle consejo?

–¿Tú crees que yo soy maricón? –preguntó sin más. Leda se rio. Lo miró y se rio aún más.

–Si, eres un poco maricón –respondió entre risas– y yo soy un poco tortillera –continuó riéndose hasta que pareció saciada–. Eres muy gracioso.

–¿Te parece gracioso?

–Todos somos un poco maricones y un poco tortilleras; otra cosa es que lo sepamos y que agobiemos a la sociedad, tan preocupada en sus fobias.

Armando no dijo nada. Leda tenía razón y no parecía preocupada, ni por ella, ni por él, ni por el profesor de física, ni siquiera por la humanidad.

–El viernes van a hacer una asamblea para analizar "mi caso".

–Ni caso.

–Podrían botarme de la universidad.

–La universidad no es todo querido. Por mucho poder que tengan, jamás podrán botarte de tu cuerpo, ni de tu alma. Siempre nos quedará París, o Berlín, o Miami.

–¿Tú crees que soy revolucionario? –Leda estuvo al borde de un nuevo ataque de risa, pero se contuvo.

–Claro. Eres un poco maricón y un poco revolucionario. Estar aquí ya es ser revolucionario. ¿No crees?

Corren tiempos difíciles. Armando no sabe si está en "la zona" o enfrente de "la zona". ¡Hay tanto color! Parece que han derrochado pintura para imponer el color a un paisaje en tonos de grises. Parece una foto antigua pintada a mano, sobreexpuesta; más bien una película. No se escatima color, pero es solo decoración. ¿Dónde se harán realidad los deseos más íntimos? ¿Los deseos resultantes del sacrificio? ¿Los deseos de los amigos entre tantos enemigos?

Sin prisa

Desde aquel abrazo, María, todo lo esencial estaba dicho. Algo debía ocurrir, Más temprano que tarde, algo estaba condenado a ocurrir. Solo era cuestión de paciencia. Todos los instantes son importantes para el instante que precipita un cambio definitivo, un antes y un después. En ese preciso instante, el obturador del alma se abre para capturar una sensación condenada a morir almacenada en algún lugar inaccesible de la memoria, en ese archivo de los instantes que determinan las bifurcaciones del flujo de la vida, lo que fue a lo que pudo ser y, sin que nada pueda remediarlo, lo que será. Son los instantes que marcarán quiénes somos y quiénes hemos dejado de ser. Aquel abrazo, María, fue como si en lugar de Mariel, hubiera sido yo quien pisara su embajada. El resto de mi vida dependerá de ese instante. No hay vuelta atrás. Algo debía pasar.

Nuestros encuentros aumentaron, la complicidad se estrechó sin hacer ruido, se paseó como un fantasma en medio de todos. Nadie sospechó nada mientras lo que fuera que debía pasar se precipitara. Un día fuimos a pasear a un lago. Tan lleno como solitario, ten cercano como lejano, quizá por eso lo escogiste. Yo no tenía de qué, ni de quién, esconderme. Tú sí, pero te gusta el peligro.

Cuando me viste, sonreíste; los abrazos ya no podían ser menos que aquel que marcó nuestra suerte. Sin embargo, durante todo el paseo, solo hablaste de Miguel. No dijiste: ¡es tan bueno!, como de costumbre, no. Hablaste de ti. Sentí que me explicabas por qué lo querías, o por qué estabas casada con él. Me contaste toda tu atribulada vida americana y colocaste a Miguel como la boya definitiva de la que te agarraste para no morir ahogada. Yo solo te dejé hablar y tú sentiste que la conversación no iba bien e intentaste arreglarlo y todo se enredó cada vez más. Al final te rendiste: *¿No sé por qué te suelto todo este rollo?*, y te reíste. Sabías que era ridículo y que de esa manera solo ponías sobre la mesa tus dudas. Sabías que no podías parar, aunque quisieras. *Quizá porque no tienes remedio*, te respondí y luego añadí: *no hay prisa*. Tú sonreíste, siempre sonreías, pero ese gesto era de alivio. Había captado tu contradicción: «Quiero que todo se precipite... sin prisa. No tiene remedio».

Se esperar, María. Tú no querías traicionar, ni herir, ni lastimar; solo era cuestión de esperar a no poder aguantar más. Solo era cuestión de asegurarte, de controlar cualquier daño colateral, de superar tus miedos. *Esto es muy serio*, me advertiste; no sé si para que echara a correr, aún estaba a tiempo, o si para que me atuviera a las consecuencias. *No tengo prisa*, me mantuve firme.

Creo que esa fue la primera y última vez que me hablaste tanto de Miguel. Él estaba ahí, era omnipresente en tu vida. Era quizá lo más trascendental, pero no podía ser todo. Los seres libres están imposibilitados de amar a un solo ser. En el parque había poca gente, parecíamos no existir, pero sabíamos, con total seguridad, que en algún instante de aquella mañana, se cerraron unas puertas y se abrieron otras. Fue lo más parecido a un pacto de silencio. Todo estaba por llegar. Nos acostamos en unos bancos a tomar el sol. Ya no se habló más. Todo estaba dicho. Solo imaginamos cómo sería ese futuro que aguardaba detrás de las puertas abiertas.

Para mí todo era nuevo. Supongo que tanto como para ti. Lo que fuera que esperara tras esas puertas era una especie de lienzo en blanco aguardando al color, a una auténtica y letal explosión de color de la que no habría supervivientes.

El machismo comenzó cuando se inventaron que Dios era hombre.
                                                            Luis Vidales

La pérdida de Masiel dejó un vacío calamitoso. Leisam era idéntica, pero no era Masiel. Su vida siguió igual. No se refugió en lo que había dejado atrás, sino en Mariel. Mariel no se refugio en la melancolía, sino en la ilusión. *Quiero que ames a Leisam, casi como a mí... casi,* dijo en uno de aquellos días extraños, mientras intentaban vivir sin Chad; mientras nadie le mencionaba, pero todos echaban de menos sus silencios. A Chad había que saberle querer, como a Masiel, como a Leisam y Mariel parecía quererlos con un don innato. *¿Más que a ti?,* bromeó Mariel. *Cuando me haya ido; mientras tanto... Igual. No te pases,* fue su respuesta y los dos la escucharon, pero ninguno reparó en lo significaba: *cuando me haya ido.* Dieron por hecho que era una frase hecha, unas palabras condenadas a un futuro lejano, las dejaron pasar y se les fue.

Leisam y Mariel fingieron que, en lo esencial, nada había cambiado. Siguieron desayunando juntos. Leisam siguió con su trabajo. Mariel siguió escribiendo. Siguieron almorzando juntos. Siguieron refrescándose en la piscina con alguna cerveza por las tardes. Siguieron cenando juntos y a la noche... a la noche cada uno evitó escuchar el llanto silencioso del otro, el profundo dolor ante la eterna pregunta: ¿por qué?

Así siguieron hasta que un día Leisam se acostó en la cama de Mariel y se acurrucó en su anatomía como lo hacía su hermana y lloraron juntos en silencio y fue menos doloroso. Así pasó un día tras otro y, de alguna manera, una parte de Masiel volvió con ellos. *El amor después del amor* cantaría Fito Páez mucho después, era eso. Habían encontrado *el perfume que lleva al dolor* y al *amor después del amor*. La pregunta, ¿por qué?, no se borró; se emborronó, se incorporó a esa extraña lista de misterios que todos cargamos de alguna manera.

La vida continuó y, en un momento dado, Leisam dejó a una encargada del negocio y no volvió más al centro. Mariel ya había delegado todas sus responsabilidades del negocio familiar en un administrador; todo siguió funcionando mientras ellos pasaban todo el día juntos encerrados en aquella casa fingiendo que la vida seguía igual. *Si quieres tocarme, puedes hacerlo*, le dijo un día Leisam mientras acomodaba la almohada, *me dejaré*. Mariel no se extrañó, dormían juntos, se bañaban juntos, se duchaban juntos; la desnudez nunca fue un tabú entre aquellas cuatro paredes invisibles.

–¿Quieres que te toque? –preguntó Mariel.

–Ya sabes que me gustan las mujeres, pero tú no eres ni hombre, ni mujer –fue su respuesta.

–¿Quieres tocarme a mí?

–Ya lo hago.

Así era, aquel cuerpo idéntico al de Masiel rozaba con suavidad al suyo, como dos ángeles que hacen el amor de una manera muy distinta a la de los mortales. Como escribió Benedetti:

> *Y en el preciso instante del orgasmo ultraterreno, los cirros y los cúmulos, los estratos y nimbos, se estremecen, tremolan, estallan, y el amor de los ángeles llueve copiosamente sobre el mundo.*

Así llovió, a veces de dolor, siempre de amor. Así continuó la vida que empezó con una travesía, una duda, un acto de valor. El sexo es difícil de jugar cuando no se entiende, cuando no se practica, cuando se sustituye por las armas, cuando se juzga, cuando se confunde con el poder.

Un día, amaneció una pintada roja en la puerta de la casa manchando el conjunto de rombos y el azul pastel. CERDOS, ponía. Ninguno de los dos se escandalizó, ninguno se alarmó, ni se desesperó. Después de comer una exquisita ensalada de aguacate con un filete de solomillo a la plancha, recogieron algo de ropa, pidieron un taxi y partieron al aeropuerto hacia Europa, hacia Madrid.

Madrid formaba parte de ese repertorio de ciudades encantadas con el que fantasearon más de una vez los tres. Madrid, Lisboa, Roma. Las dos habían viajado mucho y, a estas ciudades, mucho más de una vez. Incluso aunque fueran a Atenas o París, pasaban unos días en Madrid. Madrid era su destino y aquel era el momento. Mariel aún no conocía Europa. Cuando tuvo su pasaporte americano, hicieron un tour por Sudamérica. Por fin salió de Cuba. Pero Europa, la siempre fascinante Europa, era una asignatura pendiente. Su subconsciente le decía que era alejarse demasiado. Su consciencia, que era acercarse adonde pertenecía, desde que tuvo consciencia. Madrid le confirmó todas sus sospechas. No había dudas. Aquel lugar de paso era su lugar. Era el lugar donde vivirían hasta haberse ido.

Pieza inconclusa para piano mecánico

La asamblea comenzó con una breve introducción de la situación política internacional. Armando escuchaba palabras que parecían repetidas de aquel encuentro en el despacho, palabras que también se sucedían en la radio y en la televisión, palabras que cuantas más veces eran repetidas, más perdían su significado. Palabras como rectificación de errores, tendencias negativas, depuración; palabras como conciencia, sacrificio, valor. «¿Cómo puedo salir de esta?», se preguntaba Armando. *Humillándote, lloriqueando, suplicando,* escucha a su hermano escamondado en una silla próxima a Xiomara. Tocó su turno de hablar, sin saber con exactitud qué se le interrogaba. Todos le miraron atentos. Todos querían escuchar qué debía o tenía que decir. Armando siguió en blanco hasta que el profesor le ayudó.

–Estamos aquí para hacer crítica y autocrítica constructiva, para ser mejores, para que la universidad siga siendo un modelo de ejemplaridad. ¿Puede usted exponer algo que considere negativo en su conducta?

–La verdad es que no –comenzó a hablar como si alguien tirara de las palabras con un brazo muy largo desde el exterior.

–No cree usted que la homosexualidad es algo impropio de un joven revolucionario.

Toda el agua se hundió como un bloque de hielo en una cerveza caliente y sin gas. Todos quedaron en vilo. Es cierto que Armando era algo amanerado, es cierto que no se le conocía nada, es cierto que tenía más amigas que amigos. Muchos miraron a Amado. Amado miraba hacia la ventana como si no estuviera en aquella reunión. Armando sintió una profunda vergüenza, sintió una horrible humillación. Se sintió desnudo ante una caravana de gente insultándole, burlándose, agrediéndole. Tuvo ganas de llorar y no pudo aguantarlo.

–Es cierto, lo soy. Me esfuerzo en el estudio. Me esfuerzo en ser como cualquiera de ustedes. Me esfuerzo en ser digno de esta institución. Pero quizá no lo suficiente, quizá no lo bastante. Lo único que puedo decir es que haré todo lo posible por corregirlo.

El silencio solo era mancillado por los breves y extraños gemidos y sonidos guturales de Armando. Nadie sabía si debía ejercer la crítica o debía mantenerse callado.

–Amado, ¿es usted, compañero, amigo de Armando?

Amado sintió como la daga del profesor de física se clavaba en sus huevos. Miró a su amigo entre sus enemigos.

–No –respondió.

–La información que tenemos revela todo lo contrario. Vienen y se van juntos. Se sientan juntos. Van al cine juntos. ¿Acaso eso no es amistad?

–Vivimos uno al lado del otro. Eso es todo.

–¿Es usted consciente de las preferencias sexuales de su amigo?

–No –Armando sintió que moría; moría él y moría la amistad; moría gran parte del significado del mundo; moría todo lo que representaba ser revolucionario para aquellas personas.

Otros compañeros hablaron. Solo una chica le defendió. Una chica con la que apenas habló; una que se sentaba en primera fila. Ella dijo que Armando era el mejor expediente de la clase, que era el más inteligente, que siempre estaba dispuesto a ayudar a los demás, que siempre fue respetuoso, que siempre cumplía con su deber, que sin duda confiaba en que trabajaría muy duro para corregir esa desviación. Después habló el profesor de física y luego se votó. No quedó claro si se votaba por la confianza en que Armando corrigiera su problema para convertirse en un revolucionario digno o si se votaba por su expulsión de las aulas. Poco a poco las manos se alzaron. La primera fue la chica que le defendió, de la que ni siquiera sabía su nombre. La última fue la de su amigo Amado. No hubo abstenciones, ni voto en contra. El veredicto fue darle una nueva oportunidad.

Armando quedó marcado, señalado, vigilado. ¿Quién podría haberle hecho una cosa así? ¿Quién podría haberle quitado todo, lo único que le quedaba? ¿Por qué? ¿Qué es la moral? ¿Qué es bueno o malo?, ¿la lealtad o la traición? Solo podía ser Amado o Migdalia o ambos. Pero Amado también quedaba señalado. No tenía ningún sentido. De ser él quedaría marcado; como la baraja que sigue a continuación de la otra. Para él ya no sería más, ni siquiera, una baraja. Solo debía no mentir. Solo debía decir: *Si, ¿y qué pasa si tiene las preferencias sexuales que tiene? Hemos compartido una vida entera ajena a cualquiera de esas preferencias*. Podía haberlo hecho, pero nunca habló de sus amores, ni de sus desamores. Sabía que Leda fue su novia. Él la llamaba "el novio". Sabía por qué. Lo sabía de sobra. Iban al cine juntos, lo pasaban bien juntos. ¿A qué vino eso de: *vivimos uno al lado del otro*? No lo podía creer ni él. ¿Debía morir o ya estaba muerto o de alguna manera, condenado?

Armando salió de la Facultad directamente al cine, al Acapulco. Exhibían *Pieza inconclusa para piano mecánico*. Mikhail llega con su esposa a la casa de campo de un amigo para pasar el fin de semana y allí se encuentra con una antigua amante que se ha casado con un idiota. Ese encuentro le hace añorar su juventud y las ilusiones perdidas.

Para Armando, como para Platonov, el maestro de pueblo, la vida ha perdido cualquier propósito. Se queda sentado y repite la película dos veces más y no lo hace más porque solo tiene tres funciones. Está solo, sentado en el centro del centro, por mucho que haya un número par de asientos. Él es la pieza y todo lo que le rodea... el piano. ¿Dónde los deseos se hacen realidad? ¿Lo sabría su hermano? Solo tiene que sonar el teléfono. Solo tiene que recibir la maldita llamada. 1979 fue el Año XX de la Victoria, pareciera que fuera la misma victoria que libraron los rusos a los nazis, pero no pasó nada. 1980 fue el Año del Segundo Congreso. Está a punto de acabarse, podría ser el Año XXI de la Victoria o el Año 0 de la Gran Derrota, pero es el año de un congreso. "Sobrecumplir y no incumplir. Comprometió al Partido a alcanzar lo inalcanzable". Eso fue todo. Se aprobaron resoluciones sobre los Estatutos del Partido Comunista de Cuba; sobre la Plataforma Programática del Partido; sobre la Vida Interna del Partido; sobre la Política de formación, selección, ubicación, promoción y superación de los cuadros; sobre la Lucha Ideológica; sobre los estudios del marxismo-leninismo; sobre la política en relación con la religión, la iglesia y los creyentes; sobre los medios de difusión masiva; sobre política educacional; sobre la ciencia y la técnica; sobre la cultura artística y literaria; sobre la cultura física y el deporte; sobre el perfeccionamiento de los órganos del Poder Popular; sobre la política internacional; sobre la formación de la niñez y la juventud; sobre el pleno ejercicio de la igualdad de la mujer; sobre la cuestión agraria y las relaciones con el campesinado; sobre el Sistema de Dirección y Planificación de la Economía; pero ninguna resolución solucionó nada. Lo inalcanzable no se puede alcanzar por muy largo que fuera el brazo.

Solo se vive una vez, escuchó Armando y no puede recordar con exactitud si fue su hermano o si fue el Stalker o ambos. La revolución es la pieza inconclusa y el piano mecánico... Armando no.

Ya pasó la última guagua y él está demasiado lejos de su casa, pero sabe volver. En definitiva, todos los caminos llegan al punto que uno desee; lo más interesante es que, sea cual sea el punto de partida y el de llegada, hay infinitas formas de llegar y el tramo óptimo no es siempre la línea recta.

Cuando basta el amor

Te conocí casi al mismo tiempo que tú conociste a Miguel, casi por la misma razón, solo que se trataba de mi hijo, y no de sobrino alguno. Mi amiga Leisam me recomendó tu guardería. *Es bilingüe*, recalcó y se lo agradecí; pero en realidad, aún cuando no lo fuera, era de las mejores candidatas por la cercanía. Tú misma me atendiste y me enseñaste todas las instalaciones. Tenían mucho más de lo que mi hijo podría necesitar así que acepté mucho antes de decirte que sí. Fuiste amable, divertida, seria. Se te veía radiante. *No ha sido fácil*, confesaste, *pero aquí estamos*. Yo pensé que te referías al negocio, al orgullo de echar a andar tu empresa. Con los años, comprendí que hablabas de ti, de echar a andar la empresa de tu vida.

Conectamos enseguida. Tú ya vivías con Miguel. Sin embargo, todos tus detalles alumbraban esa extraña conexión que, es curioso, yo correspondía. No puedo mencionar uno solo, era una sensación; como la euforia, aunque no sepas de dónde proviene, ni puedas explica por qué. Un día me invitaste a un café y luego desayunamos todos los días sin una explicación razonable; simplemente sucedió y esa conexión se convirtió en complicidad. Me contaste tu odisea poco a poco. En cada sesión un pequeño capítulo.

Fuiste juntando todos esos trozos rotos para destrozarlos definitivamente; para neutralizar su daño. Tú eras fuerte, María. Tus músculos del alma no tenían límites. Tú estabas inmunizada al dolor. Tú solo podías ser feliz.

Muchas veces pensé que Miguel era el protagonista de tu historia. Tú, la muñeca rota. Miguel, el zapatero remendón. Pero me equivoqué. Nada suele ser lo que parece a simple vista. Miguel, el duro, era la balsa que dificultaba tu inmersión, el oasis, el puerto, la cama. Tú, la dulce, eras la tormenta, el buzo, el mar abierto, la selva. Tú, la indómita, la salvaje, el ser libre. Miguel solo podía seguirte y tú lo sabías. Era el antídoto a tu tragedia. *Miguel es bueno*, así resumías su papel en tu vida y se te veía feliz, porque Miguel nunca te detendría, solo te acompañaría. Miguel era la encarnación auténtica de eso que llaman "compañero en la vida".

Tú no querías tener hijos. *Con todos estos*, decías, *¿para qué quiero más?* Nunca te pregunté si Miguel quería. Se te veía feliz. Con precisión, siempre que estabas conmigo, se te veía feliz.

Mi hijo terminó la guardería y casi al unísono, para rememorarlo, mi matrimonio. Yo no era feliz, pero nada cambió entre tú y yo. Seguimos desayunando y hablando de nuestras cosas. Tú sabías que pintaba y eso te fascinaba. El misterio de reducir la realidad a una irrealidad más real. Tú eras una soñadora y ese poder de sugestión de las imágenes "te mataba", en tus propias palabras. Te regalé un dibujo, un pequeño dibujo de lo que más o menos entendía de tu alma, y te emocionaste. Te levantaste hacia mí y me abrazaste de una manera demasiado especial, apretada, y cuando te separaste descubrimos los ojos aguados, a punto de romper en lágrimas. *Isabel*, fue todo lo que dijiste. Me agarraste la mano y me miraste con una expresión que me taladró los sesos. Sentí una especie de grandeza, como si me sumergiera dentro de ti, como si tú estuvieras en mí. No hubo más palabras. Las palabras, cuando bastan los gestos, están de más, sobran; como el orgullo, cuando basta el amor.

Hubiera podido transformar esta sala sorda y gris en un vivac para mis manípulos.

Benito Mussolini

No vendieron nada. No necesitaban vender nada. Leisam y Mariel se instalaron, primero en un hotel, luego en un piso de alquiler y, por último, compraron una casa enorme, sin puertas, ni paredes, en el barrio de Lavapiés. Fue relativamente simple; el dinero facilita las cosas. Los negocios de Chad seguían funcionando. El centro de pilates de Leisam también. Las novelas y ensayos de Mariel también. Solo tenían que vivir y lo hicieron.

Leisam montó una sucursal de su centro; quizá la primera en funcionar en Madrid y pronto tuvo que rentar un espacio más grande y comprar lo que una vez fue un enorme centro comercial muy cerca de Tirso de Molina y diversificó el negocio. Creó salas de pilates, yoga, baile, musculación. Todo salió bien. Conoció gente nueva. Volvió a tener relaciones sexuales y recuperó una vida que le era desconocida.

Mariel siguió escribiendo y atendiendo los negocios por Internet. Se plantearon vender la casa; pero la decisión final fue mantenerla. Allí había demasiadas cosas imposibles de recuperar en cualquier otro lugar. Allí habían nacido, se podría decir, los tres. Allí estaba su cama, sus objetos, sus fantasmas.

Colocaron un sistema de seguridad que reforzaba la verja a la categoría de infranqueable. Contrataron un servicio de pintura y uno más pequeño de mantenimiento. Debía estar siempre lista para acogerlos. Mariel también conoció gente nueva; también volvió a tener relaciones sexuales y continuó con su reconfortante vida conocida, al lado de Leisam.

–¿Te parece bien que invite a comer a una amiga este jueves? –preguntó Leisam a Mariel un martes–. Es una artista que conocí en el gimnasio. Te va a encantar.

–Claro –fue toda su respuesta y Leisam sonrió y voló al balcón con sus alas transparentes y todo siguió con la tranquilidad acostumbrada hasta que el jueves sonó el timbre y Mariel abrió la puerta y vio a una hermosa mujer de pelo larguísimo, ojos profundos y una sonrisa limpia.

–Yo soy Isabel –se presentó.

La nebulosa fascista amenaza con resucitar todos los días. Siempre hay algún partido que arroja dudas sobre la legitimidad del parlamento. Siempre hay un partido que representa los intereses del pueblo y que custodia la "voz del pueblo", siempre hay una voz que amenaza en convertir lo impensable en político. Siempre hay intolerantes. Mientras no superen un tres o un cuatro porciento de la población no hay peligro, pero no dejan de ser una amenaza. Mariel sigue sin ser de ninguna parte; sigue recibiendo amenazas. En este justo instante Mariel sigue llamando a ese viejo número de La Habana, pero nadie contesta.